EK KHWAAB.... EK YAAD
~एक ख्वाब, एक याद

BY

SHRI GYAN

ISBN 123456789012345
© Shri Gyan 2020
Published in India 2020 by Pencil

A brand of
One Point Six Technologies Pvt. Ltd.
123, Building J2, Shram Seva Premises,
Wadala Truck Terminal, Wadala (E)
Mumbai 400037, Maharashtra, INDIA
E connect@thepencilapp.com
W www.thepencilapp.com

Author biography

नमस्कार !😊

मेरी लेखन प्रक्रिया कुछ वर्ष पहले जब मै इंजीनियरिंग कर रहा था, तब इसकी शुरुआत हुई थी और विगत कुछ वर्षों मे मैने कई कहानियाँ लिखी है या लिखने की कोशिश की है. पर अभी तक सिर्फ ऑनलाइन फॉरम पर ही लिखा है. ये मेरी पहली कोशिश अपने किसी कहानी को पब्लिश करने की. यदि आप लोगो का साथ रहा तो अपनी अन्य रचनाओं को भी जल्द ही आप सबके समक्ष प्रस्तुत करूँगा, वरना ऑनलाइन की दुनिया तो है ही... पोस्ट करने के लिए ! 😄

आप सभी को अग्रिम रूप से धन्यवाद, मेरी इस छोटी सी कोशिश को पढ़ने के लिए और कही यदि कोई.. टाइपिंग मे गलती हो तो माफ़ करें.

अन्य किसी सलाह व सुझाव के लिए, मुझे ईमेल करें.

Email: atmakami@gmail.com

--- Shri Gyan 😊

Contents

THE DEVIL, THE ANGEL AND I

उसने शराब की बोतल फोडी और बोतल का एक टुकड़ा
लेकर मेरी गर्दन काटने लगा, मै इस वक्त अधमरा सा जमीन पर पडा
हुआ था और मेरी साँसे थम रही थी ।मुझे ये तो मालूम था कि मै मरने

के बाद नरक मे ही जाऊंगा पर मुझे नरक ले जाने वाले यमदूत डॉक्टर के भेश   मे होंगे, ये मुझे नही मालूम था । इस समय मेरे साम्ने एक आदमी था, जो डॉक्टर के भेश मे मुझे बार-बार कुछ कह रहा था. वहा दो लेडी दूत भी थी, जो मुझे उठाने कि कोशिश कर रही थी ।एक मेरे लेफ्ट साइड मे थी तो दुसरी मेरे राइट साइड मे और वो दोनो मुझे अपनी - अपनी साइड से उठाने की कोशिश कर रहे थे । मैने उन्हे मना किय कि वो ऐसा ना करे, मै खुद उठ सकता हु, लेकिन वो दोनो नही मानी और मुझे जबरन उठाने लगी ।

    "fuck off bitches, i can handle myself...." बोलते हुए मैने उन दोनो लेडी युमदूतो को खुद से दूर किया और उठकर बैठा ।

        कहने को तो मेरे पीठ की कई हड्डिया टूट चुकी थी , लेकिन मै अब भी आरम से बैठ सकता था , वो भी बिना किसी दर्द के । मेरे गर्दन से लेकर नीचे कमर तक प्लास्टर बन्धा हुआ था । लेकिन मेरे अन्दर दर्द का कोई नामो -निशान तक नही था । बेड पर बैठने के बाद मैने अपने दोनो पैरो कि तरफ देख तो पाया कि मेरे बायें पैर का toe गायब है और वहा पर भी प्लास्टर चढ़ा हुआ था. पर क्यूंकि अब मैं अपना मानव शरीर छोड़ने वाला था, इसलिए मुझे इन सबकी परवाह करने की कोई जरूरत नही थी । मैने इधर्-उधर अपनी गर्दन घुमयी तो मुझे अहसास हुआ की मेरे गर्दन को भी इन लोगो ने किसी चीज से बान्ध रखा है । जब मैन कुछ देर तक यूँ ही शांत बैठा रहा तो मै युम्दूत ने यानि मुख्य यमुदूत ने जो की डॉक्टर के रूप मे था उसने, उन दोनो लेडी यमुदूतो को कुछ इशारा किया, जिसके बाद वो दोनो एक बार फिर से मुझे बिस्तर से उठाने की कोशिश करने लगी और अबकी बार मै शांत ही रहा ।

"we're going to hell ?? " व्हील -चेयर पर बैठ कर मैने एक लेडी युमदूत से पुछा जो मेरे व्हील -चेयर को धक्का दे रही थी।

"yes… please cooperate …"

"तुम एकदम टनाका माल हो, मेरे साथ नरक मे चलोगी? …I'm a millionaire"

"नरक मे तुम्हारे पैसे किसी काम के नहीं …"

"क्या मै मर चुका हु ?"अपनी गर्दन पीछे घुमाते हुए मैने पूछा पर मै अपनी गर्दन को ठीक से पीछे घुमा नहीं पाया ।

"अभी तो नहीं पर, जल्द ही मरने वले हो. यही कुछ मिनट मे."मेरी टेढ़ी हो चुकी गर्दन को सीधा करते हुए वो बोली.

"can you please remove this"अपने गर्दन मे बंधे अजीबो गरीब चीज की तरफ इशारा करते हुए मैने कहा "I want to remove my neck, I mean.. rotate… I want to rotate my neck…."

" क्या तुम अपने जख्म सबको दिखाना चाहते हो? "

"I think , I can walk without my left toe.."

"ofcourse you can, but it'll take some time"मेरा सर सहलाते हुए वो लेडी युमदूत बोली, जिससे मुझे लगा की वो अब मुझसे पता गयी है. मेरा सर अब भारी होने लगा था , मेरी आँखे बोझिल हो अपने आप बंद होने लगी थी, शायद मेरी आत्मा अब मेरा शरीर छोड़ रही थी.

"मेरे दिल की धड़कने रुक चुकी है, मुझे ऐसा लग रहा है जैसे की मुझे जलाया जा रहा हो. मै मर रहा हु…."

"फ़िक्र मत करिये, सर... it'll only take few seconds to reach......................"

ये उस लेडी यमुद्दूत के आखिरी शब्द थे जो मै सुन पाया था, उसके बाद मेरे साथ क्या हुआ, मुझे कुछ याद नही और जब मेरी आँख खुली तो मै नरक मे था । नरक मे मुझे तीन रूम का एक फ्लैट अलॉट हुआ था , पर मै यहा अकेला नही था. मेरे साथ और भी दो लोग थे । जिसमे से एक तन्दूरी चिकन की तरह उपर से लेकर नीचे तक जला हुआ था,, वो दिखने मे बहुत ज्यादा ही भद्दा , बद्सुरत और भयानक था, इसलिए मै उसे डेविल~Devil कहता था ।डेविल मेरे सामने वाले रूम मे रहता था और मै उसे जितनी बार देखता मुझे उतनी बार उल्टी करने कर मन करता था।

उसे देखकर मेर मन करता की मै अपनी आँखे फोड़ लू या उसके उपर उल्टी कर दु, लेकिन मरने का एक नुक्सान है कि ना तो मै उसपर उल्टी कर सकता हु और ना ही अपनी आँखे फोड़ सकता हुँ । मै चाहे जो भी करु, अपने आपको कितना भी नुकसान पंहुचाऊ मै वैसा का वैसा ही रहता हुँ । शुरु मे तो मै उस्-से दूर ही रहता था, लेकिन फिर साथ मे रह्ते-रह्ते मै उस्-से बात करने लगा था, वो अक्सर मुझे बताया करता था कि मै कैसा दीखता हू।

Devil के अनुसार मेरा नीचे वाला होंठ कटा हुआ था और मेरे नीचे वाले होंठ से लेकर मेरे ठुड्डी (chin) तक की चमड़ी उखड़ी हुई थी. ऐसा ही कुछ हाल मेरे सर कर भी था. उस तन्दूरी बुड्ढे ने मुझे बताया की मेरे माथे मे किसी धारधार चीज से कटने के बहुत गहरे निशान है और कई जगह पर ये निशान इतने गहरे है कि मेरी हड्डिया भी उसे दिखायी देती है । मुझे उस्-से घिन थी और उसे मुझसे ... पर क्यूंकि हम कही जा नही सकते थे इसलिए हमारे पास आपस मे एक-दुसरे से बात

करने के आलवा कोई और चारा नही था ।हुम दोनो एक-दुसरे से अक्सर ये पूछा करते की कि हम कैसे दिख्ते है, क्यूंकि आइने मे हमारा कोई प्रतिबिम्ब नही बनता था,   इसलिए हम खुद को आइने मे देख नही सकते थे । ये मरने का दुसरा नुकसान था ।

उस फ्लैट के तीसरे और सबसे आखिरी कमरे मे एक और शक्स रहता था , जो अक्सर अपना दरवाजा बन्द करके दिनभर और रातभर रोते रहता था ।वो कैसा दिखता था , उसकी हाइट क्या है, उसके शरीर के कितने चिथड़े उड़े है ये मै अबतक नही देख पाया था । मै हमेशा उसके दरवाजे पर जाकर उसे गालिया दिया करता था, इस उम्मीद मे कि एक दिन वो गुस्से से अपना दरवाजा खोलेगा. लेकिन उसने अपना दरवाजा कभी नही खोला और ना ही उसने मुझे कभी कुछ कहा । उल्टा मेरी गलिया सुनकर वो और जोर्-जोर से रोने लगता था ।

मुझे पता नही कि इस फ्लैट मे मै कितने दिन , कितने महीने या फिर कितने साल से था । मुझे समय का कोई अंदाजा नही था और ना ही मेरे रूम के सामने रहने वाले उस पूरी तरह जले हुए शख्स को । जिसे मै डेविल कहता था । हम दोनो एक्-दुसरे से बेइंतहा नफ़रत करते थे पर हर रोज एक्-दुसरे से बात भी करते थे । हमने आपस मे इतनी बाते कर ली थी कि अब हम उन्ही बातो को दोहराने लगे थे । वो तन्दूरी बुड्ढा खुद को बहुत बड़ा physicist यानि भौतिक विज्ञानी कहता था और अक्सर हमारे समय मे पृथ्वी परबनी फिल्मों के उदाहरण दे-दे कर मुझे physics के कई चीज़ो को एक्स्प्लैन किया करता था । पर आज मेरे पास बात करने के लिये एक नया टॉपिक था । जिसके बारे मे हमने इतने दिनो, इतने महीनों या फिर इतने सालो मे कभी बात नही की थी । मैन उसके रूम के अन्दर गया तो देखा कि उसके पुरे जले हुए शरीर से कोई चिपचिपा तरल पदार्थ निकल रहा था

और वो उस तरल पदार्थ को अपनी उंगली से पहले पोछता और फिर अपनी उंगली मुह मे डाल कर चूसने लगता।

"मुझे लगता है कि, उस तीसरे कमरे मे कोई आदमी नही बल्कि एक औरत है..."उसके रूम मे उससे थोडा दूर बैठकर मैने कहा... "पर तुमने तो पहले कहा था कि वो एक आदमी है..."

"वही तो... लेकिन आज मैने उसकी आवज गौर से सुनी तब मुझे पता चला कि वो आदमी नही बल्की एक औरत है..."

"पर पहले तो तुमने कुछ और कहा था "

"कान के अन्धे,बहरा तु है... मै नही । मै बिना लिप रीडिंग के भी सब कुछ सुन सकता हुँ ..."

"फिर तो तुम्हे उस्-से बात करनी चाहिए , शायद वो कोई खूबसूरत औरत हो"अपने हाथ से निकलते चिपचिपे लिक्किड को चूसते हुए वो बोला "यदि तुझे इतनई ही भूख लगी है तो खाने वाली चीज़े क्यों नही खाता ..."खिसियाकार मैने कहा

"मरने का तीसरा नुकसान कि आपको भूख्-प्यास नही लगती । तुम्हे क्या लगता है कि मैने कभी कोशिश नही किया, बाहर रखे उन फलो को खने की ... ? मै चाहे कितनई भी कोशिश कर लू उन फलो को कितना भी चबा लू वो फल गले के नीचे जाते ही नही और ना ही मेरे हथ से निकलता ये चिपचिपा लिक्किड "वही बगल मे थूक कर devil ने कहा "मै तो बस अपने शरीर को साफ रखने कि कोशिश कर रहा हुँ "

"ओके...."

"मुझे तुम अपने बारे मे बताओ कि तुम कौन हो, क्या करते थे और यहा कैसे पहुचे…"

"मै एक रहीस बाप क रहीस बेटा था , मैने अपनी जिन्दगी मे ऐसा एक भी काम नही किया जिसके बारे मे मै तुम्हे गर्व से बता सकूँ …मै ड्रग्स के नशे मे इतना खो गया था कि मेरे पिताजी के मरने के एक हफ्ते बाद मुझे पता चला कि वो अब इस दुनिया मे नही रहे । उनकी मौत के बाद उनकी कंपनी की बागडोर मेरे हाथ मे आ गयी और मैने कंपनी डुबो दी । मै ड्रग्स के नशे मे इतना लीन हो गया था कि मुझे सिवाय ड्रग्स के कुछ भी अच्छा नही लगता था । ड्रग्स के पीछे मैने अपनी आधे से अधिक प्रॉपर्टी बेच दी । इस्के बाद मै खुद ड्रग्स की तस्करी करने के धंधे मे आ गया , जिससे मेरे कई दुश्मन भी बने और फिर एक बार उन लोगो ने मुझे घेरकर बहुत मारा । मरते दम तक मारा ।इसी का नतीजा है कि मै यहा हुँ । यदि मुझे कभी दुबारा इन्सान का जन्म मिलेगा तो मै वो नही करूँगा जो मैने इस जनम मे किया "

"तुम्हे पता है कि हम कहा है… ?"

"नर्क मे"

"एक्साक्ट्ली…और यहा पछताने से कोई फायदा नहीं "

"ये हमे बन्द करके क्यों रखे हुए है, हमारा हिसाब किताब करके हमे दुसरा जन्म क्यों नही दे देते…"

"नरक मे आने वाले लोगो की संख्या बहुत ज्यादा है और हमसे पहले उन लोगो को सजा दी जायेगी जो यहा हमसे पहले आये है… पर पहले ऐसा नही था । पहले लोग स्वर्ग मे भी जाते थे, पर जब से नरक का डायरेक्टर चेंज हुआ है, उसने स्कीम बदल दी है, अब बहुत

कम लोग ही ऐसे है, जो स्वर्ग जाते है जिसके कारण नरक मे भीड बहुत ज्यादा है, इसीलिए हमारा नम्बर अभी तक नही आया ..."

"यहा इतनी गर्मी क्यों है..."

"आग के समुन्दर की वजह से । तुम तो यहा बेहोश आये थे...लेकिन मुझे जब यहाँ लाया गया तो मै होश मे था ... हम जिस घर मे रह रहे है वो आग के एक दरिया पर तैर रहा है, इसीलिये तुम्हे इतनी गरमी महसुस हो रही है...पर क्यूंकि तुम मर चुके हो इसलिए तुम्हारे शरीर मे पसीने क नामोनिशान तक नही है"

"तुम क्या करते थे...?"

"मै एक भौतिक वैज्ञानिक था, पर मुझे जलने वाले लोग मुझे पागल कहते थे । "

"और वो क्यु ? "

"क्यूंकि उनसे मैने एक बार कहा था कि हमारी गैलेक्सी एक ब्लैक होल के अन्दर है...you know , what is a black hole ?"

"यदि तु इतना ही बडा ज्ञानी है तो फिर तु नर्क मे क्या कर रहा है, तुझे तो स्वर्ग मे होना चहिये था "

"ज्ञानी से लेकर मुर्ख तक और दानी से लेकर भिखारी तक... सबको नरक भोगना पड़ सकता है । ज्ञान आपको स्वर्ग नही दिलाता ,ये तो हमारे कर्मो पर निर्भर करता है"

उसका एक-एक लफ्ज जो वो बोल चुका था , जो वो बोल रहा था और जो वो बोलने वाला था वो सब मैपहले से जानता था, क्यूंकि ये बातचीत हम कई बार कर चुके थे, पर तभी मुझे एक ऐसी आवाज सुनायी दी, जो मैने वहा पहले कभी नही सुनी थी ।

"क्या तुमने वो आवज सुनी ... ? "चौक-कर उसकी तरफ देखते हुए मैने पुछा

"मै बहरा हु ।मुझे कोई आवज सुनायी नही दे सकती "

"मेरे ख्याल से किसी ने बाहर का गेट खोला है...? "

यूँ तो मै बहुत घबरा रहा था , पर क्यूंकि मेरा दिल अब शान्त था, इसलिए मै भी शान्त था । मै कई चीज़े महसूस तो कर सकता था पर उसके अनुसार कोई एक्शन नही ले सकता था ।मै और वो जला हुआ बुढऊ उसके रूम से बाहर आये तो देखा की मुख्य दरवाजे के अन्दर दो आदमी थे ।पर जल्द ही उन दोनो को किनारे करके एक तीसरा आदमी सामने आया । उसके हथ मे एक बहुत बडा पेपर था ।पर गौर करने वाली जो बात थी वो ये कि उसका और उसके साथ आये उसके दो असिस्टेंट का शरीर किसी ज़िंदा इन्सान कि तरह पुरा सही सलामत था ।

"लोकेश खुटे , आप कभी समझदार और ज्ञानी मालूम होते है । इसलिए आपको हमारा ऑफर है कि क्या आप हमारे साथ अनन्त काल तक काम करेंगे ?..."जिसके हाथ मे पेपर था उसने मेरे बगल मे खड़े Devil से पुछा ।

"कौन जलना चाहेगा, अनन्त काल तक इस नर्क मे... ।इस आग मे । मुझे ये ऑफर स्वीकार नही है" "ठीक है फिर । असिस्टेंट्स, इसे नीचे फेक दो, आग के दरिया मे "उसने ऐसा कहा और उसके ऐसा

बोलते ही उसके हाथ मेरखा पेपर अपने आप जलने लगा । जिसके बाद उसके सथ आये दो आदमियों ने डेविल को यानी कि लोकेश खुटे को पकडा और गेट खोलकर नीचे फेक दिया ।

"आप चन्द्रगुप्त हो ना   ? " उसके हाथ मे जलटे हुए कागज को देखकर मैने पुछा

"चन्द्रगुप्त नहीं, चित्रगुप्त..."

"हाँ वही । मैने सोचा था कि आप मोर पन्ख से लिखते होंगे, पर आप तो इन्क पेन से लिखते है । खैर छोड़िये और ये बताइये की मेरे लिए क्या ऑफर है ? "

"तुम्हारा समय अभी नही आया ..."

इतना बोलकर चित्रगुप्त अपने असिस्टेंट्स के साथ वहा से जाने लगा । चित्रगुप्त के असिस्टेंट्स ने जब बाहर जाने के लिये गेट खोला तो मै भी दौड़कर गेट के पास आ गया, ये देखने के लिये कि बाहर आखिर है क्या... और उन लोगो ने लोकेश खुटे को कहा फेका था, लेकिन बाहर इतनी तेज रोशनी थी कि मुझे रोशनी के सिवा बाहर कुछ दिखा ही नही ।अब नरक मे अलॉट हुए फ्लैट मे हुम सिर्फ दो ही लोग रह गये थे ।उस तीसरे रूम क दरवाजा अब भी बन्द ही रहता था, पर रोने कि आवाज उसके रूम से बराबर आती रहती थी. नरक मे जैसे-जैसे समय बीत रहा था...मुझे ये अहसास होने लगा था कि पक्का उस तीसरे रूम मे कोई आदमी नही बल्की एक औरत रहती है । मै उसे रोज आवाज देता था , उसे रोज रूम से बाहर आने केलिये कहत था और फिर एक दिन जैसे भगवान ने मेरी सुन ली । मै ऐसे ही अपन रूम से निकला ही था कि मैने तीसरे रूम क दरवाजा खुला हुआ पाय ।

कई आशंकाओ और उलझनो के साथ मैने उस तीसरे रूम के अन्दर देखा । पहले तो मुझे यकीन ही नही हुआ कि जो मै देख रहा हू, वो सच है । उस रूम मे एक लड़की थी जिसका पुरा शरीर श्वेत था ...उसके कपडे भी श्वेत थे और उस्के पन्ख भी । वो एक परी थी, यानि की एक ऐंजल । मैने उसके चेहरे की तरफ देखा और बस देखता ही रह गया   । मुझे नही लगता कि मैने अपनी पुरी जिन्दगी मे उससे खूबसूरत कुछ देखा था । वो जितनी खूबसूरत थी ,उतनी ही उदस भी थी इसलिए वो अब और भी ज्यदा खूबसूरत दिख रही थी । मेरी नजर बहुत देर तक सिर्फ और सिर्फ उसके चेहरे पर अटकी रही ।

"तुमहारा नाम क्या है ??..."उसने मुझे देख कर पूछा

"तुम बोलती भी हो, मुझे तो लगा था सिर्फ रोती होगी "रूम के अन्दर दाखिल होकर मैने कहा पर उसने मुझसे एक बार फिर वही सवाल किया की मेरा नाम क्या है ?

"हिमांशु गौतम और तुम्हरा ?..."

"मरसेला ... तुम्हरा चेहरा ऐसा क्यु है" अपनी आन्खे बड़ी बड़ी करके मेरे चेहरे को देखते हुए वो पुछी

"जब मै जिन्दा था, तब मेरा एक्सीडेंट हुआ था, तब से मै ऐसा ही हू। तुम्हारी मृत्यु कैसे हुइ थी ?"

"मै अभी भी जिन्दा हुँ ... हम मरते नही "

"वॉव... पर जब तुम मरी नही तो फिर यहा क्या कर रही हो ? क्या तुम्हे भी ये लोग कुछ दिन बाद, या कुछ महिने बाद... या फिर कुछ सालो बाद नीचे फेक देंगे ? जैसे उन्होने डेविल को फेका था ? पर

तुम तो अमर हो ना और फिर मर भी नही सकती फिर यहा कैसे, किसलिए और क्यों ?... "

"हमारी दुनिया का दस्तूर है कि नियमो को तोडने पर हमे यहाँ कैद कर दिया जाता है और हमारी सजा पुरी होने पर हुम वापस अपनी दुनिया मे चले जाते है...तुम कहा से हो ?"

"मै भोपाल से हु ...मेरा मतलब मध्य प्रदेश् से ...मेरा मतलब इंडिया से. Fuck, let's make it simple ... i'm from the earth. You know earth ? Third planet from the sun ? We often call it the blue planet " "the land of humans ?" "yeah.... कभी आयी हो तुम वहा ..."

"हा... पर वहा के लोगो और पशुओ मे कोई फर्क नही.. वो एक जैसे रह्ते है । जानवरो को मारकर उन मांस खाते है और फिर ठण्ड लगने पर उन जानवरो की खाल ओढ़ते है । उन्हे अभी आग के बारे मे कुछ नही पता है ..."

"तेरी तो......."मैने मन मे कहा ।

उसकी बाते सुनकर मुझे ख्याल आया कि मै उसकी उम्र पुछु कि वो कितने हज़ार साल की है लेकिन फिर मुझे अचानक पृथ्वी-लोक कि वो कहावत याद आ गयी जिसमे कहते है कि लड़कियों से कभी उनकी उम्र नही पुछते । इसलिए मैने अपना वो सवाल ड्राप किया क्यूंकि वो एक परी हुइ तोक्या हुआ , है तो एक लड़की ही ना । हम दोनो ने थोडी देर और बाते की और फिर उसने मुझे वहा से जाने के लिये कहा ।

Mercella ने जैसा बताया था उसके अनुसार नरक उनके जाती के लोगो के लिये जेल के समान था , जहा उनकी दुनिया के

अपराधियों को कैद किया जाता था. उस दिन के बाद मै अक्सर मेरसेला के रूम मे जाता ,उसे घूरता रहता और दो-चार बाते करके वापस आ जाता । मेरसेला से बात करने मे मुझे बहुत ही सुकून मिलता था, वो उस डेविल से लाख गुना अच्छी और सुन्दर थी और एक स्त्री भी । मै कभी उसके ज्यादा करीब नही गया क्यूंकि मुझे डर था कि मुझे अपने ज्यादा करीब पाकर कही वो मुझसे डर ना जाये. मुझे मेरसेला ने बहुत सी बाते बतायी जैसे कि उनकी दुनिया ,हमारी दुनिया जितनी बड़ी नही है । उसने बताया की भगवान उन्हे सबसे ज्यादा पसन्द करते है, वगैरह.. वगैरह । अब मै हर वक्त सिर्फ और सिर्फ मेरसेला के बारे मे सोचा करता था, मै उसे पसन्द करने लगा था या फिर शायद प्यार करने लगा था ? पर ये कैसे मुमकिन है ? मेरा दिल तोह बेजान है , फिर बिना दिल के मै किसी से कैसे प्यार कर सकता हु । क्या दिमाग़ से भी प्यार होता है? या फिर चेतना से...? होता होगा, तभी तोमुझे मेरसेला से प्यार हुआ ।मैने कई बार कोशिश कि मेरसेला को ये बताने की ...की मै उससे प्यार करता हु ,पर मै उसे कभी बता नही पया और फिर एक दिन...................................

वो अचानक चली गई .मुझे नही पता की कैसे ? और कब्... ? वो अकेले गयी या फिर कोई उसे लेने आया था । वो अपने पंखो के सहारे उड़ कर गई या फिर उसकी दुनिया वालो ने उसे टेलीपोर्ट कर लिया .... मुझे कुछ नही पता , मुझे जो पता था वो ये कि अब वो यहा से जा चुकी है और इस तीन कमरे के फ्लैट मे मै अब अकेला पापी बचा था. मै अक्सर मेरसेला के सूने कमरे कि तरफ देखता जिससे कभी - कभार मुझे ऐसा लगता जैसे कि वो अब भी वही अपने रूम मे बैठी मेरा इंतज़ार कर रही है । पर वो वहा नही थी ।वो तो........................

वो तो, कब का वहा से जा चुकी थी । मै उससे बहुत कुछ कहना चाहता था, पर उसके यूँ अचानक चले जाने से मेरे दिल की कई

बाते मेरे दिल मे ही रह गयी थी ।Mercella के जाने के बाद मै काफी समय तक वहा रहा और फिर एक दिन मेरे फ्लैट का दरवाजा खुला ।चित्रगुप्त आज भी अपने उन्ही दो पंटरो के साथ वहा आया था । उसने अपनी नजर हाथ मे पकड़े नोट्स मे डाली और फिर मुझे देखकर बोला...

"हिमांशु गौतम्... तुमने अपनी जिन्दगी मे बहुत पाप किये है, जिसके लिये तुम्हे जो भी सजा दी जाये, वो कम है...पर तुम्हारे लिये मेरे पास एक ऑफर है...क्या तुम हमारे साथ अनन्त काल तक काम करना चाहोगे ? नारकोटिक्स डिपार्टम्रेट मे ?"

"यहा भी नारकोटिक्स डिपार्टम्रेट है... ?"

"हा और क्यूंकि तुम ड्रग्स एडिक्टड रह चुके हो, इसलिए तुम मुझे ड्रग्स से रिलेटेड इन्सानो के बारे मे बता सकते हो, तुम यहा मेरे असिस्टेंट के तौर पर रहोगे और सौ साल मे एक बार, एक दिन के लिये तुम जहा जाना चाहो, जिस रूप मे जाना चाहो...जा सकते हो । तो बताओ क्या तुम्हे मेरा ये ऑफर स्वीकार्य है ?"

"thanks for the offer chitragupta ji , पर मेर जवाब वही है जो डेविल का था कि... कौन जलना चहेगा,अनन्त काल तक इस नरक मे...इस आग मे" "नो पप्रॉब्लम ... असिस्टेंट इसे नीचे फेक दो..."

और उसके इतना बोलते ही चित्रगुप्त के साथ आये उसके दोनो पंटरो ने मुझे उठाकर नीचे फेक दिया । मै नीचे गिरता रहा और बस नीचे गिरता रहा ... मुझे कभी बेहिसाब गर्मी लगती तो कभी बेहिसाब ठण्ड । कभी मै धीरे-धीरे नीचे गिरता तो कभी बहुत तेज स्पीड के साथ ।और फिर मुझे नीचे आग का दरिया दिखायी दिया, जिसमे मै समा गया. मै जैसे ही आग के दरिया मे गिरा मेरे सामने

अन्धेरा छा गया , पर मेर दिमाग अब भी जिन्दा था …मेरा दिमाग अब भी कल्पनाये कर सकता था ।पर मै हु कहा ?

"हिमान्शु…. तुम मुझे देख पा रहे हो ? "

"आवाज तो सुनी -सुनी लगती है…"

"मेरी आवाज की तरफ अपना दिमाग केन्द्रीत करो…"

जिस तरफ से मुझे वो आवाज आ रही थी , उस तरफ मै अपने दिमाग को कॉंसन्ट्रेट करने लगा जिसके बाद मेरे आन्खो के सामने का अन्धेरा धीरे-धीरे मिटने लगा , मुझे प्रकाश की कई किरणे दिखायी दे रही थी और थोडी ही देर मे मै वो सब कुछ देख सकता था ,जो कि एक आम इन्सान देख सकता है ।मेरे सामने इस वक्त एक आडमी खड़ा था, जो मेरे पास आया और मुझसे हाथ मिलाकर मुस्कुराते हुए बोला…..

"hello, I'm Lokesh Khute…your psychiatrist.you know me as The Devil"

"तुम तो एकदम ठीक हो… ?"मुँह और आँखे दोनों फाड़ कर डेविल को देखते हुए मै सिर्फ इतना ही बोल पाया "और तुम भी "मुस्कुरते हुए उसने कहा "क्या मै ज़िंदा हु ?"

"अपने दिल पर हाथ रखकर देखो"

"ये तो धडक रहा है । मै इसे मह्सूस कर सकता हू..."अपने सीने मे हाथ रखकर मैने कहा और फिर सामने खड़े लोकेश कि तरफ देखा ...जिसके पीछे दीवर मे एक आइनालगा हुआ था , जिसमे मै खुद को देख सकता था ।

" final test " बोलते हुए लोकेश ने मुझे एक गिलास पानी दिया और उसे पीने का इशारा किया जिसे मै एक सांस मे पी गया ।

पानी पीने के बाद मै बहुत देर तक शांत बैठा रहा , मैने कई चीज़े महसूस की जैसे कि मै सांस ले सकता हू और मेरे गर्दन पर किसी चीज से कटने का निशान है । मै काफी देर तक खामोश बैठा आस-पास निहारता रहा "walking corpse syndrome ..."खमोशी तोड़ते हुए लोकेश बोला "sorry..?" "walking corpse syndrome... in which patients experienes delusions that they are dead, do not exist, are putrefying or have lost their vital organs...."

"ये एक बीमारी थी ? पर नरक के उस फ्लैट का क्या? मै वहा ठा, तुम भी वहा थे और Mercella, वो भी वहा थी...? "

"तुम अब भी नरक के उसी फ्लैट मे हो, जरा अपने चारो तरफ देखो तो "मैने अपने चारो तरफ देखा ,

लोकेश सही बोल रहा था ।मै अब भी उसी फ्लैट मे अपने रूम मे था. सिर्फ दीवरो के रंग थोड़े अलग थे । पर मेरे मन मे अब भी कई सवाल थे, जो मै पुछना चाहता था.

"तुम उस एक्सीडेंट के बाद खुद को मरा हुआ मानने लगे थे, तुम्हे बहुत गर्मी लगती थी , तुम आईने मे अपने आपको नही देख पाते थे, तुम्हे लगता था की मेर पुरा शरीर जला हुआ है और तुम मुझे डेविल

कहकर बुलाते थे...वो सब कुच तुम्हरा डेल्यूजन यानी वहम या फिर कहे भ्रम था ...एक्चुअली , तुम अपने सामने जिसे भी देखते उसे तुम अपनी मन -गढ़त कहानी मे एक किरदार दे देते थे...जैसे हॉस्पिटल के वार्डबॉय को तुम्रे चित्रगुप्त बना दिया था   और मेरे दूसरे पेशंट Mercella को एंजल....."

       ”आखिरी बार जब मैने अपना बर्थडे मनाया था तब मैन 28 साल का था । अब मेरी उम्र कितनी है ? "

       "35 । तुम सात साल से यहा हो ।तुमने मुझसे कई बार कहा था कि यदी तुम्हे कभी दोबारा इन्सान का जनम मिला तो तुम वो गलती नही करोगे जो तुमने इस जनम मे की । see, god is great ...उसने तुम्हे इसी जनम मे दुसरा जनम दे दिया । सबको ये मौका नही मिलता हिमान्शु...कई लोगो को इस बिमारी से पुरी जिन्दगी छुटकारा नही मिलता और वो यही सोचते हुए ही मर जाते है कि वो मरे हुए है...have a great life "

       "Yeah.... god is great "

       मै वहा दो दिन और रुका और फिर वहा से चला गया ।मुझे नही पता कि कल जब मै सुबह उठूंगा तो मुझे इस बिमारी का नाम याद भी रहेगा या नही पर मै पुरे सात साल इस बिमारी से झूझता रहा और उस दौरन ऐस एक भी पल नही था ...जब मै खुद पर शर्मिन्दा ना रहा हू...मै उन सात सालो मे खुद से यही बोलता रहा कि काश मैने अपनी जिन्दगी यूँ बर्बाद ना कि होती । की काश भगवान मुझे कैसे भी करके एक और मौका दे दे और भगवान ने मुझे वो मौका दे दिया था इसलिए मै अब अपनी जिन्दगी और बर्बाद नही करने वाला था ।...घर आकर मैने अपना बैग पैक किया और सीधे एयरपोर्ट के लिये निकल

गया, वहा जाने के लिये जहा mercella रहती थी और जिसका पता मुझे डेविल ने दिय था.

******T H E   E N D******

Reunion ,Love, Friends and friendship...

सोचने को तो मैं कुछ भी सोच लू , और कोई मुझे रोक भी नही सकता लेकिन सच तो वही रहेगा जो है, मेरे सोचने विचारने से सच तो

नही बदल सकता ना... वैसे मेरी ज़िन्दगी मे कई ऐसे सच थे, जिन्हे बदलने के बारे मे मै अक्सर सोचा करता की.. काश ये चीज ऐसी हुई होती तो ठीक रहता.... वो चीज वैसी हुई रहती तो साला मजा ही आ जाता और मेरी इसीलिए सोच मे दो और लोग शामिल थे.. मेरा दोस्त दीपक भगत और मेरे कॉलेज की सबसे खूबसूरतबंलडकिब, साना सिद्दकी. मै चाहे जितनी कोशिश कर ल्यू. जितना भी अपने दिमाग़ मे जोर डाल ल्यू... मै ये सच बिलकुल नही बदल सकता की मै साना से बहुत प्यार करता हु और दीपक भी.. शायद मुझसे भी ज्यादा... जो मै इस वक़्त दीपक की आँखों मे देख सकता था.

कहने को तो दीपक मेरा बहुत खास दोस्त था और वाकई मे खास था भी... क्यूंकि मेरे सभी दोस्तों मे सिर्फ वही एक ऐसा था जो हकलाता था. मैं उसे आज 8 साल बाद देख रहा था और यदि मैं या फिर वो... हम दोनों में से कोई एक भी रियूनियन में ना आया होता तो फिर शायद ही हमारी कभी मुलाकात हो पाती... रियूनियन के प्रोग्राम में कॉलेज पहुंचते ही कई दोस्त मिले. जिनमें से कुछ खास थे तो कुछ ऐसे ही फालतू मे फ्रेंड लिस्ट बढ़ाने वाले... इनमें से अधिकतर के मैं नाम तक भूल चुका था लेकिन फिर भी उनसे हाथ मिलाते वक्त ऐसे बर्ताव कर रहा था मानो मैं यहां सिर्फ उन्ही से मिलने आया हूं.

तो रियूनियन का प्रोग्राम शुरू हुआ खुद को इंट्रोड्यूस (introduce) करने से और जो सबसे पहले मंच पर आया, उसने अपने बारे मे कुछ इस तरह से वहा मौजूद लोगो को चिर -परिचित कराया...

"Good evening, gentlemen and gentlewomen... Myself Arman... Sounds boring ? Ok call me Shri Arman... A-R-M-A-N not A-R-M-A-A-N.... मै आठ साल पहले यहाँ से पास आउट हुआ और मै जब यहाँ से पास आउट हुआ तो मेरे हाथ मे चार

जॉब के offer थे.. जिसमे से एक तो विदेश मे जॉब करने का ऑफर था. और पिछले 8 सालो मे मै कहा से कहा पंहुचा.. मै ये तुम्हे नही बताऊंगा क्यूंकि तुम लोग मुझसे जलोगे, तुम्हारी भावनाये आहत होंगी... तुम्हारी बीवियां मुझपे फ़िदा हो जाएंगी और..... छोडो भी, पर ये जरूर सोचना की 560 पूर्व छात्रों मे से मुझे ही सबसे पहले क्यु खुद को introduce करने के लिए बुलाया गया ? कुछ मेरी तरह ढंग का काम धाम करो बे... नल्ले.. बेरोजगारों... Bye और दिल पे मत लेना, मुँह मे लेना... The Name is Arman... Arrogant-Reputed MAN"

"ये अब भी उतना ही घमंडी है जितना कॉलेज के दिनों मे हुआ करता था... "मैने खुद से कहा

तो अंततः Arman के introduction से रीयूनियन का कार्यक्रम शुरू हुआ. उसके बाद पुरे महफ़िल ने जो समा बांधा उससे मुझे काफ़ी खुश होना चाहिए था, शर्ट उतर कर लंगर डांस करना चाहिए था.. भका भक दारूबकी कई बोतले ख़त्म कर देनी चाहिए थी, कॉलेज के लड़कियों से मेल मिलाप और फ्लरटिंग करनी चाहिए थी.. मंच पर जाकर नंगा नाच करना चाहिए था. लेकिन मेरे दिलो दिमाग़ को दो लोग इस समय जकड़े हुए थे जिसमे से एक थी साना सिद्दकी और दूसरा था दीपक भगत... जो मुझसे थोड़ी दूर मे अकेला खड़ा था, ठीक वैसे ही जैसे वो हमारे फेयरवेल पार्टी के दौरान था... पर ये हमेशा से ऐसा नही था. इसकी शुरुआत हमारे इंजीनियरिंग के अंतिम वर्ष मे उस दिन से हुई थी, जिस दिन दीपक भागते भागते हॉस्टल मे आया और हाफ्ते हुए मुझसे बोला.....

" अअअअअतुल, कन्फर्म... I laaaaa... Laaaa love her, i.. i.. I love Sssssaannaa.... उसे देखकर ही मेरा चेहरा लाल हो जाता है, मेरा दिल ऐसे धा.. धा... धा धड़कने लगता है, जैसे पहले कभी धा.. धा..

धड़का ही ना हो.. मै उससे बहुत कुछ कहना चाहता हु, पर उसे देख देखते ही इतना घबरा जाता हु की, को.. को.. को.. कॉरिडोर मे उसके बजबसे निकलने के हिम्मत नही होती... ऊपर से मै ठहरा एक हकला.... मुझे दार है की कही मै घबराहट मे पूरा.. I love you... भी बोल पाउँगा या नही....."

" मैं पहले भी कहां कि तू इसके पीछे क्यों पड़ा है.. वह बहुत हाई लेवल की बंदी है, तेरे से नहीं पटेगी.. " अपने मोबाइल में साना के मैसेज का रिप्लाई देते हुए मैंने दीपक से कहा

" प.. प.. पर यार, मैं से प्यार करता हूं... तू तो देखा ही है की क.क.क. कैसे कैसे रात-रात भर मुझे नींद नहीं आती.. हर रात में उसके बारे में सोचता हूं, रात यह सोचता हूं कि वह कल क्या पहन कर आएगी, कल कैसे दिखेगी, औ. औ. औ और मैं कौन से कपड़े पहनु जिससे वह इंप्रेस हो जाए. मैं सच कह रहा हूं, यदि वो मुझसे एक बार उसके बाद भी कर ले तो बहुत है, मेरे लिए वही बहुत है. मैं जानता हूं कि मैं उसके लायक नहीं हूं, लेकिन क्या करें दिन रात दिमाग में वही छाई रहती है. यहां तक कि सोने के बाद भी उसी का स.. स.. स. सपना आता है. कभी-कभी तो ख. ख.. ख ख्याल आता है कि मैं किसी तरह कोमा में चले जाऊं और अपने सपने में उसके साथ रहा हूं. यदि वह मुझे आई लव यू बोल दे तो मम्मी कसम इंजीनियरिंग छोड़ दूंगा.. खुशी में"

" तेरे से जो हो तु वो कर ले, मेरे पास इतना टाइम नहीं है, वैसे भी मेरा कल इंटरव्यू है" मैंने दीपक से कहा और मोबाइल में गुड नाइट मैसेज लिख कर साना को चिपकाया और सोने चला गया.

पर दीपक नहीं सोया वह मुझे बहुत देर तक देखता रहा अभी लाइट बंद करके खिड़की के पास रखी है कुर्सी में बैठकर साना के बारे

में सोचते हुए बाहर देखने लगा. और मैं ऐसा कह सकता हूं क्योंकि वह मेरा खास दोस्त भी था और रूम पार्टनर भी.

वो हर रात यही करता था, वो ऐसे ही अपनी हर रात जागते हुए खिड़की के बाहर देख कर आना को सोचने में बिताया करता था. दीपक का यह एक तरफा प्यार हर दिन बढ़ते जा रहा था. हर किसी से हर वक्त... क्लास में, कैंटीन में, लैब में, लाइब्रेरी में यहां तक कि बाथरूम में नहाते वक्त भी साना के बारे मे हकलाते हुए पूछता. जिससे अक्सर लोग उसका मजाक उड़ाते थे. पर उसे इससे कोई फर्क नहीं पड़ता था, या वह साना के पीछे इतना पागल था कि ऐसे समझ ही नहीं आता था कि उसके दोस्त उसका मजाक उड़ा रहे हैं, और उसके उन दोस्तों में मैं भी एक था, जो उसका मजाक उड़ाता था. साना के प्यार में रात भर जागने के कारण उसकी कॉमन सेंस भी जवाब देने लगी थी. वो क्लास में अक्सर अपना अटेंडेंस देना भूल जाता था और फिर बीच में खड़ा होकर टीचर को दोस दिया करता था की उन्होंने उसका नाम जानबूझकर छोड़ दिया है. कई बार तो उसने इसी चक्कर में प्रोफेसर के साथ झगड़ा भी किया, वह भी हकला हकला के. इसकी वजह से उसे काफी परेशानी हो रही थी. " ये ले मेरा पेन उसे दे कर "

" तू खुद क्यों नहीं दे देता उसे"

"पागल है क्या, उससे मैं इतना घ.. घ.. घ.. घबराता हूं कि उसका नाम तक बिना हकलाए लिया नहीं जाता, उसे पेन क्या दूंगा. उसने मुझे थैंक्यू भी बोला तो, घबराहट में वेलकम भी नहीं कर पाऊंगा. तू दे दे.. वैसे तूने आज देखा, क्लास में वह पीछे मुड़ मुड़ कर मुझे देख रही थी. लगता है वह मुझे पसंद करने लगी है. तू, तू, तू तुझे क्या लगता है पटेगी ?"

"पता नहीं" उसे देखकर मैंने कहा, सच कहूं तो मुझे दिल से बुरा लग रहा था दीपक के लिए, लेकिन मैं उसे यह कैसे बताता की साना आज क्लास में उसे नहीं बल्कि मुझे देख रही थी

इतने में पूरे माहौल में तालियों की गूंज एक बार फिर से उठी, मेरे बैच की एक बेहद हॉट लड़की अपूर्वा खुद को इंट्रोड्यूस कराने के लिए स्टेज पर गई थी, जो भाभा एटॉमिक एंड रिसर्च सेंटर में बतौर साइंटिस्ट काम करती थी. उसने एकदम शालीन तरीके से अपने और अपने काम के बारे में बताया और जैसा किसने बताया था उसके अनुसार वह अगले महीने जापान जाने वाली थी. इसके बाद कोई और मंच पर गया और यह कदम ऐसे ही बढ़ता रहा और इस बढ़ते क्रम के साथ मैं फिर अपने अतीत में खो गया. जहां मुझे दीपक का पेन साना को देना था.

"साना,तुम्हारा पेन... मेरा मतलब तुम्हारे लिए पेन. तुम्हारा पेन नहीं चल रहा था ना.."मुस्कुराते हुए सभी दोस्तों के बीच जाकर मैंने साना को पेन दीया.

" थैंक यू, तुम्हें कैसे पता चला.. की मेरा पेन नहीं चल रहा ?" अपने गालो पर डिंपल का कन्फॉर्मेशन करते हुए साना मुस्कुराई

" सिक्स्थ सेंस... साना जी" कॉलर ऊपर चढ़ाते हुए मैंने जवाब दिया

" थैंक यू अगेन, बाय"

"बाय ? वह भी इतनी जल्दी ?"

"इतनी जल्दी? तो क्या मेरा नोट्स लिखकर जाओगे ? " वह फिर से मुस्कुराई

"ओके बाय"

यह बोलकर मैं वहां से दीपक के पास आया, वह इस समय इतना खुश हो रहा था, जैसे सा सा सा साना ने... इसकी तो, मैं दीपक की तरह क्यों हकला रहा हूं? यह साला दीपा के साथ रहने का असर है या फिर मैं भी साना से प्यार करने लगा हूं..? खैर, दीपक उस समय इतना खुश हुआ था जैसे साना ने उसका पेन नहीं बल्कि उसका प्रपोजल स्वीकार कर लिया हो

आए दिन रात भर ना सोने की वजह से दीपक की आंखों के नीचे काले धब्बे पड़ने लगे थे. अब वह मुश्किल से पूरे दिन मे सिर्फ दो-तीन घंटे सोता था. अपने सिगरेट बहुत ज्यादा पीनी शुरू कर दी थी, इतना ज्यादा कि कभी-कभी सुबह मुझे सिगरेट के दो तीन पैकेट फर्श पर मिलते थे और जब मैंने उसे सिगरेट बंद करने की सलाह दी तो वह बोला...

"मैं.मैं.मैं.मैं सिगरेट इसलिए नहीं पीता क्योंकि मुझे इसकी तलब है. मैं तो अपने सीने से सा.सा.सा. साना की यादें धुएँ में बदलकर बाहर फेंक रहा हूं, exhaust process"

"तो तेरा दर्द कम हुआ ? मतलब तो उसकी यादों को भूल पाया ?"

" साला वही.... वही दर्द, वही याद ऑक्सीजन के रूप में वापस आ जाती है.. You know,Intake process"

साना और सिगरेट के अलावा दीपक को एक और चीज का शौक लगा था, वह अक्सर लाइब्रेरी से पता नहीं कौन-कौन सी किताबें लाकर पढ़ता रहता था. मुझे भी ऐसा करने की सलाह देता लेकिन मैंने उसकी वह सलाह कभी नहीं मानी. वह अक्सर मुझे "frame of refrence " के बारे में बताया करता था, तरह-तरह के उदाहरण देकर समझाया करता था. जिसमें दो चीजें, दो ऑब्जेक्ट आपस में बदल जाती है. जिससे मैं कभी-कभी इतना बोर और फ्रस्ट्रेट हो जाता कि मैं अपने रूम तक नहीं जाता था. इस तरह अब साना की याद और सिगरेट के अलावा वह पुरानी किताबें भी दीपक की विरानी रात का सहारा थी. दीपक की जिंदगी अब इतनी वीरान हो चली थी की वह अब रात भर जाकर पुरानी फाइल्स में से प्रैक्टिकल कॉपी करने लगा था.

वो पहले अपनी फाइल कंप्लीट करता और जब उसकी कंप्लीट हो जाती है तो वह क्लास के बाकी लड़कों की फाइल मांग मांग कर कंप्लीट करने लगता था. जिससे एक फायदा दीपक को यह हुआ कि अब उस पर बहुत ही कम लोग हंसते थे. पर मैं जानता था कि साना के कारण उसकी हालत दिन-ब-दिन बद से बदतर होती जा रही थी. उसका कॉमनसेंस तो अब बिल्कुल भी कॉमन नहीं था, वह कहीं भी, किसी से भी साना के बारे में पूछ लेता था. यहां तक की एक बार बीच क्लास में प्रोफेसर से पूछ लिया की आज शाना क्यों नहीं आई ? उस समय तो मैंने कैसे भी करके बात को घुमा फिरा कर उसे बचा लिया. लेकिन वह यहीं नहीं रुका.

अरमान.... नाम याद है ? जिसने आज सबसे पहले अपना इंट्रोडक्शन दिया था. ARMAN... Arrogant Reputed MAN ? और खुद को introduce कराने के बाद बाकि सबको नल्ला कहकर बेइज़्ज़ती की थी ? दरअसल वो कॉलेज के दिनों से ही ऐसा था. कुल मिलाकर कहे तो वो अपने समय मे इस कॉलेज का गुंडा था, जो हॉस्टल के लड़को के सपोर्ट से आये दिन मार पीट करते रहता था. दीपक ने साना के बारे मे प्रोफेसर से पूछकर इतनी बड़ी गलती नही की थी, जितनी की उसने अब कर डी थी. लंच मे मै दीपक के साथ कैंटीन मे बैठा था औरब्ज़ाना आज कॉलेज नही आयी थी, जिसपर उसने मुझसे

कई बार पूछा और उसके बार बार के सवाल से तंग आकर गुस्से मे मैने उसे कह दिया की साना मर गई है. पर प्रॉब्लम ये नही थी की मैने ऐसे कहा. प्रॉब्लम ये थी की उस हकले ने इस बात को सच मान लिया और अब जब से मैने कैंटीन मे उसे " साना मर गई " कहा था वो वहा मौज़ूह हर किसी से यही पूछ रहा था की

" साना सच मे मर गई क्या ? "

और इसीलिए दौरान उसने कैंटीन मे एक लड़की के साथ बैठे अरमान को छेड दिया. मुझे अब भी याद है की अरमान जिसके साथ उस दिन कैंटीन मे बैठा था वो कुछ दिनों पहले ही अरमान से सेट हुई थी और अरमान उसके पीछे सालो से पागल था और इन महाशय ने अरमान को जाकर छेड़ दिया....

"अरररररर.... मान... सससससससससाना मर गई क्या ?"

"मर गई... Wow.. अच्छा हुआ. साली मुझे ताव दिखा रही थी एक बार. कही मैने ही तो उसे नही मार दिया ? और बाद मे भूल गया हु... खैर, चल खिसक ले.. अब यहाँ से..."

"तूने.. सससससससना को मारा... सससससससससससना को मारा... मारा तूने, सससससस साना को "गुस्से से थरथराते हुए दीपक ने अरमान का कॉलर पकड़ कर कहा, जिसके बाद मुश्किल से दो सेकंड ही बीते होंगे की अरमान ने दीपक की गर्दन को दबोच और बैक टू बैक दो तीन बार सामने रखी लोहे की टेबल पर उसका सर दे मारा.

दीपक का सर टेबल पर मारने के बाद अरमान वहा से चला गया और मै तुरंत भागकर दीपक के पास गया. दीपक अपना सर टेबल पर रखे हुए.. हाफते हुए.. रोते हुए वही कुर्सी पर बैठा था. उसके सर से खून निकल कर टेबल पर बहुत रहा था, इसके बावजूद वो रोते हुए

सिर्फ एक ही लाइन बारबार धीमे स्वर मे दोहराये जा रहा था.. की...
"ससससससस साना मर गई.... साना मर गई..."

फिर थोड़ी देर बाद उसने रोना बंद किया और टेबल पर फ़ैलर खून मे अपनी उंगली डुबो डुबोकार टेबल पर साना का नाम लिखने लगा. उसकी इस हरकत ने मुझे अंदर से झकझोर के रख दिया की ये सब मेरी गलती है..... ना तो मैने उस दिन कुछ किया था और ना ही मै आज कुछ कर रहा था. मुझे ऐसा नही करना चाहिए था, पर मैने किया... पुरे दिल से किया.

इसी बीच तालियो की गूंज एक बार फिर पुरे वातावरण मे गूंज उठी, अबकी बार एक और शख्स स्टेज पर गया और जैसा की अभी तक सब अपने अपने बारे मे बता रहे थे उस्बे भी अपने बारे मे बताना शुरू किया और खुद की तारीफ कर रहे इन लोगो की बकवास पर ज्यादा ध्यान ना देते हुए मैने खुद से थोड़ी दूर खड़े दीपक की तरफ देखा. उसका ध्यान पीछे अपने दोस्तों के साथ बैठी साना सिद्दकी की तरफ था. वो बिना पालक झपकाये नॉनस्टॉप साना को देखे जा रहा था. उसे आज भी साना से बहुत कुछ कहना था शायद... जो उसे उस दिन पार्किंग मे कहना था. वो उस दिन भी घबरा रहा था और आज भी उसकी घबराहट वैसी ही थी और मै ऐसा कह सकता हु क्यूंकि उस दिन पार्किंग मे मै भी दीपक के साथ वहा था और दीपक की तरह मै भी साना के बाहर आने का बड़ी बेसब्री से इंतज़ार कर रहा था.

मै इस वक़्त दीपक और अपने दोस्तों के साथ पार्किंग मे खड़ा बात कर रहा था की साना अपनी सहेलियों के साथ कॉलेज से बाहर आयी और बाहर आते ही जब उसने मुझे देखा तो अपने सहेलियों के कान मे वो कुछ बोली, जिसके बाद उसकी सहेलियां वगैरा से हस्ते हुए वापस कॉलेज के अंदर चली गई. दरअसल साना को मैने ही कल रात

मेसेज करके कॉलेज के बाद मिलने के लिए कहा ठगा और उसने मेरी बात मान भी ली थी. ये फर्स्ट टाइम था जब मै पर्सनली साना से मिलने वाला था.

. वैसे तो मै कई बार उससे फेस टू फेस बात कर चुका था लेकिन ये मुलाक़ात अलग ही थी.. ये मुलाक़ात ख़ास थी. मै नही चाहता था की दीपक वहा हो उसलिए मैने इनडायरेक्टली कई बार उसे हॉस्टल वापस जाने के लिए कहा, लेकिन वो नही माना और मुझसे चिपका रहा. साना को अकेले गार्डन मे जाते देख मैने अपने दोस्तों को इशारा किया की वो दीपक को वहा से ले जाए लेकिन साना को देखने के बाद दीपक तो मुझसे जैसे चिपल ही गया था और फिर पता नही उस हकले मे इतनी हिम्मत कहा से आयी की वो पार्किंग से गार्डन की तरफ दौड़ पड़ा. दीपक को ऐसा कार्टर देख मेरे बॉडी मे रक्त का प्रवाह दुगुना हो चला था. मेरा पूरा शरीर तपने लगा था की ये साना से क्या बोलेगा. पर ये हाल सिर्फ मेरा नही था, यही हाल दीपक का भी था और शायद साना का भी. मुझे दार था की दीपक, साना से i love you ना बोल दे.. वरना क्या करूँगा मै... क्या बोलूंगा साना से मै.... साला हकला......

पर मेरी किस्मत अच्छी थी, दीपक उस दिन साना से कुछ नहीं बोल पाया. वो, साना के बाद दौड़ कर गया तो था लेकिन उसके पास पहुंचते ही उसकी जो हालत खराब हुई उसे बयां करना मुश्किल है. क्योंकि दीपक की साना के सामने वह हालत देख मैं हंसने में इतना मशगूल था कि उस पर ज्यादा ध्यान ही नहीं दे पाया. दीपक, साना के पास गया तो बड़े जोश में था लेकिन अब वह पूरा पसीना पसीना हो चुका था और घबरा तो ऐसे रहा था जैसे किसी ने उसके कनपटी में गन तान रखी हो.. बेढन्गो तरीके से लंबी लंबी सांसे लेकर अपने माथे का पसीना पोछकर वो साना के पास कुछ देर खड़ा रहा.

" What the hell are you doing, why are you scratching your breast... I mean chest. That too, in front of me"

" Sssssssorry, sssssssaana... Aaaaaaaiiiiii.... Iiiiii"

" get out, loser" साना ने चिल्लाकर कहा, जिसे दीपक वही कांप उठा और रोते हुए हॉस्टल की तरफ ऐसा भागा की बीच में कहीं नहीं रुका... आई रिपीट... रोते हुए कहीं नहीं रुका

" वो तुम्हारा रूम पाटनर है? है ना.. ? " दीपक के जाने के बाद मैं जब साना के पास पहुंचा तो पहला सवाल मुझ पर उसने यही दागा

" है नहीं था.. अब मैं रूम चेंज कर लिया हूं, वह थोड़ा पागल है,साइको टाइप"

" किसी लड़की के पीछे पागल होगा, वैसे वह यहां क्यों आया था ?"

" तुमने फेसबुक में उसकी फ्रेंड रिक्वेस्ट एक्सेप्ट नहीं की तो उदास है बेचारा " हंसते हुए मैंने कहा

"बस इतनी सी बात ? एक्सेप्ट कर लु उसके फ्रेंड रिक्वेस्ट ?"

" मत करना, सटका हुआ है. तुम्हें भी ना सटका दे कहीं.. खैर उसे छोड़ो.... "एक लंबी सांस भरकर मैंने अचानक कहां " आई लव यू ... "और फिर सांस छोड़ दी.

" सॉरी... "अपने दोनों हाथ हवा में फैला कर नाराजगी जाहिर करते हुए साना बोली...". तो इसलिए यहां बुलाया था ?"

" कम ऑन साना, अब तुम लड़कियों वाली हरकत मत करो कि तुम मेरे दोस्त हो... मैं अपने मां-बाप के खिलाफ नहीं जा सकती. वगैरा-वगैरा... और रही बात यहां बुलाने की तो तुम्हें भी पता है कि मैंने तुम्हें यहां क्यों बुलाया. पर तुम आप भाव खा रहे हो. तुम ही बताओ एक लड़का जो कि काफी कूल है स्मार्ट है, डैशिंग है और जो इतने दिनों से कॉलेज की सबसे खूबसूरत लड़की, जिसे वह लाइन मार रहा है, उसे यहां वह अकेले पार्क में दिनदहाड़े क्यों बुलाएगा ?कैंडी क्रश खेलने ? यह तुम लड़कियों की आदत बहुत खराब है, पहले खुद लाइन दोगी और जब लड़का लाइन देने लगेगा तो भाव खाने लगोगे. जबरन छोटी-छोटी बातों में awww .. Awww करोगी. रोज जोरदार मेकअप करके आओगी और फिर जब कोई बोलेगा कि मेकअप की हो तो ऐसे देखोगी जैसे.. जैसे कि उसने तुम्हारा फिगर पूछ लिया हो. अब तुम इतने दिन से मुझे कॉलेज में, कैंटीन में, लैब में पलट पलट कर देख रही हो या नहीं ? इसका क्या मतलब निकालूं मैं... कि तुम क्या देख रही हो ? हमारे पास तो ब्रैस्ट भी नहीं है, जो तुम पलट पलट के देख रही थी. इतने दिन से, रात रात भर जागकर मुझसे चैटिंग कर रही हो.. रात के 2:00 बजे गुड नाइट बोलता हूं तो कहती हो कि... इतनी जल्दी गुड नाईट ? तुम लड़कियां सब जानती हो और सब समझती भी हो... लेकिन हम लड़कों को खाली फोकट में परेशान करते हो... ऊपर से.... "

"ओके ओके... आई लव यू टू.. मेरा मुंह बंद करके साना बोली"

"सच में कहा या मेरे कान बजे हैं"

"आई लव यू टू और एक बात तुमने कहा कि मैं लड़कियों वाली हरकत ना करूं..? क्या मतलब है इसका...? मैं लड़की हूं तो लड़कियों वाली हरकत करूंगी ना... तुम कहना क्या चाहते थे ... तुमने मुझे समझ क्या रखा है.. जो इतनी देर से सुनाए जा रहे हो.. एक बात

समझ लो, की.. वो लड़कियां होती होंगी जो सब कुछ चुपचाप से लेते होंगी. मैं कुछ नहीं सहूंगी. और यदि तुमने आज के बाद मुझसे एक और बार भी यह कहा कि...."

" आई लव यू... "अबकी बार मैंने साना के मुंह पर हाथ रखा ठीक उसी तरह जैसे थोड़ी देर पहले उसने रखा था

" आई लव यू टू"

" कंफर्म ?"

" Hmmm "

" फिर से लड़कियों वाली हरकत... खैर छोड़ो, चलो किस करते हैं "

इधर एक तरफ मेरे और सिद्की जी के प्यार ने उड़ान भरी, वहीं दूसरी तरफ उदासी और गम ने दीपक को जोर से जमीन पर ला पटका. साना मेरी गर्लफ्रेंड है, यह बात जब कॉलेज में फैली, जोकि फैलेनी ही थी तो मैं यह एक्सपेक्ट कर रहा था कि दीपक मेरे पास आएगा और खिलाते हुए मुझे धो.धो.धो. धोखेबाज, गद.गद गद्दार कहेगा. लेकिन उसने ऐसा कुछ भी नहीं कहा, उसने ऐसा कुछ भी नहीं किया. उसने बस अपना रूम चेंज कर लिया और मुझसे बात करनी बिल्कुल बंद कर दी और मैं भी यही चाहता था. दीपक पहले लैब में मेरा पार्टनर था, पर फिर टीचर को बोल कर उसने अपना नाम हटवा लिया. जिसके बाद साना मेरी लैब पार्टनर बनी. वह हमें जहां भी साथ देखता... बस घूरता रहता. पता नहीं वह क्या सोचा करता था, पर वह हमें हर वक्त घूरता रहता था.. बस घूरता रहता. और फिर वह वक्त आया जब हम कॉलेज छोड़ रहे थे. मैं और साना काफी खुश थे कि इस कॉलेज में हम एक दूसरे से मिलाया. हम दोनों का प्लेसमेंट भी हो चुका था और

हमने यह भी डिसाइड कर लिया था कि लैब पार्टनर से अब हम लाइफ पार्टनर बन जाएंगे. मैं सच में बहुत कुछ था, नाखुश के कॉलेज छोड़ने का मुझे जरा भी गम नहीं था. पर उस दिन जब मैं होटल से बाहर खड़े ऑटो में अपना सामान रख रहा था तो पता नहीं दीपक बाहर कहीं से घूमते हुए आया और उसकी नजर मुझ पर पड़ी. वह उस पल सारे गिले शिकवे भूलकर मेरे पास आया और मुझ से हाथ मिलाते हुए बोला...

" अतुल, मेरे मुझे बहुत शानदार चीज पता चली है. जब भी मैं नशे में होता हूं तो बिल्कुल नहीं हकलाता.. देख क्या मैं अभी हकला रहा हूं ? नहीं... इसका इलाज संभव है."

" बहुत अच्छा.. "उससे हाथ मिलाते हुए मैंने कहा

"तू और साना, बहुत अच्छे जीवनसाथी होगे"

" थैंक यू"

जिसके बाद हम दोनों ही हंस पड़े, पता नहीं क्यों, पर ऐसे ही हंस पड़े.. इसके बाद दीपक हॉस्टल की तरफ जाने लगा. पर थोड़ी दूर जाने के बाद वह पढ़ना और थोड़ी तेज आवाज में बोला...

" जब भी तुम्हें लगे कि तुम दोनों के बीच में प्यार कम हो रहा है तू एक दूसरे की आंख में बिना पलक झपकाए कुछ देर तक देखते रहना, प्यार वापस आ जाएगा. मेरी इस सलाह को मेरी तरफ से शादी का तोहफा समझो"

इतना बोल कर दीपक चला गया और फिर वह दिन था और आज का दिन... मैं और साना खुशी खुशी अपना जीवन व्यतीत कर रहे थे, पर..पर दिल में दीपक हमेशा एक जख्म की तरह रहा... मेरा मतलब, साना कभी जान तक नहीं पाएगी की दीपक उससे कितना

प्यार करता है... उसे तो शायद दीपक याद भी ना हो.. दीपक का यह एक तरफा प्यार, मुझे और हिम्मत देता है कि मै साना से और प्यार करूं. जो इस वक्त चिंगम चबाते हुए अपने दोस्तों के साथ पीछे बैठी हुई थी. मैं अपनी जगह से उठा और दीपक के पास गया....

पर... पर... यह कैसे मुमकिन है.. दीपक तो मैं था. घर में दीपक के पास कैसे जा सकता हूं. मुझे तो यह कहना चाहिए मैं वहां खड़ा था और अपनी गलती का एहसास होने पर अतुल मेरे पास आया.... कन्फ्यूज्ड ? Well do you remember, the term.. frame of reference... जिसमें दो चीजें आपस में बदल जाती है? Same concept... मैंने खुद को अतुल की जगह रखा और यह सब सोचता रहा... जैसा कि मैंने पहले भी कहा है.. सोचने को तो मैं कुछ भी सोच लु और कोई मुझे रो भी नहीं सकता लेकिन सच तो वही रहेगा, जो है.. मेरे सोचने विचारने से सच नहीं बदल सकता.. और सच तो यही है कि मैं दीपक हूं और वह मैं ही हूं जो लोगों से बात करते वक्त हकलाता है, वह मैं ही हूं जो रात रात भर साना याद में सिगरेट पीकर अपना दिल जलाया करता है, वह मैं ही हूं जो पार्क में साना के गरजने पर रोते हुए हॉस्टल भागा था. वह मैं ही था जिसके अंदर इतनी हिम्मत नहीं थी कि वह जिस लड़की से प्यार करता है उसे बता सके...

वह मैं ही था जिसने कॉलेज के आखिरी दिनों में अपना सब कुछ खो दिया था. पर इससे जिंदगी तो खत्म नहीं होती ना... इसलिए मैंने भी अपनी जिंदगी को नए सिरे से बुना. भले ही मेरी जिंदगी वैसी ना हो जैसा मैंने सोचा था... भले ही इस में साना ना हो, भले ही मैं अकेला हूं... क्या फर्क पड़ता है.

अतुल मेरे पास आया और मुझ से हाथ मिलाते हुए सॉरी बोला, जिसे सुनने के लिए मैं ना जाने कब से बेकरार था. जवाब में मैं सिर्फ

मुस्कुराया और सिर्फ मुस्कुराया... लेकिन अतुल सॉरी पर सॉरी बोलता रहा....

" सॉरी यार.. सॉरी... मैंने तेरे साथ बहुत गलत किया.. मुझे ऐसा नहीं करना चाहिए था. सॉरी दीपक, प्लीज यार मुझे माफ कर दे. तुझे पता भी नहीं होगा कि इतने सालों में मैं कैसे घुट घुट कर दिया हूं एंड सॉरी भाई, रियली सॉरी..."

"अतुल.. अतुल... रिलैक्स... सवाल यह नहीं है कि तूने क्या किया.. सवाल यह है कि यदि मैं तेरी जगह होता, तो क्या मैं वह करता.. जो तुमने किया. और यदि सच कहूं तो.. मैं भी वह सब करता जो तुमने किया. और तेरे लिए कोई हीन भावना मेरे दिल में नहीं है और रही बात साना की.. तो उससे मैं इतना प्यार करता हूं कि उसके लिए मैं उसे भी छोड़ दूं.. वो खुश है, तू खुश है.. मैं भी खुश ही हूं, या नहीं हु तो... लोगों के सामने रहने का दिखावा कर ही सकता हूं.. and always remember, there was a guy who could do anything to get her, but he wasn't as lucky as you are.. so take care of her and........... Goodbye.... "

इतना बोल कर मैं मुस्कुराया और स्टेज की तरफ बढ़ा,.. जहां मेरा नाम लिया गया था.. और मुझे अंटार्कटिका में भतार साइंटिस्ट मेरे एक्सपीरियंस का शेयर करने के लिए बुलाया जा रहा था. मैं मुस्कुराते हुए साना की तरफ एक और बार देखा और सीधे स्टेज की तरफ बढ़ गया.

******T H E   E N D******

Story 3

Locket

"मैं अब यह काम नहीं करूंगा, बहुत पाप कर लिया मैंने, लेकिन अब और नहीं... मैं अपनी पूरी ताकत के साथ उस पर जोर से चिल्लाया"

लेकिन उस पर इसका कोई असर नहीं हुआ, वो मेरे करीब आई और मेरे सीने को सहलाते हुए बोली

" तुम वह बात कहते ही क्यों हो जिसे तुम कर नहीं सकते"

"रोशनी, अब बंद करो ए सब... इन सबमे कुछ नही रखा है.. तुम्हे कमी किस बात की है ?"

"मुझे समझाने की कोशिश मत करना, और तुमने मुझे अभी क्या कह कर पुकारा है? रोशनी ? " कुछ देर पहले ही उसकी मुस्कुराहट अब गुस्से में बदल चुकी थी, वह बोली... "3 रात बिस्तर पर क्या सो लिया मेरे साथ, तु मेरा नाम ही लेने लगा"

" गलती हो गई मैम, मैंने सोचा कि....."

" क्या सोचा...?" वह बीच में ही बोल पड़ी..." तुमने सोचा कि 3:00 रात हमबिस्तर होने पर मैं तुमसे प्यार करने लगूंगी ..? और यह सब छोड़ दूंगी... अपनी औकात मत भूल, तू एक टैक्सी ड्राइवर है"

मैं चुपचाप खड़ा सिर्फ उसे देखता रहा. चुप रहने के अलावा मैं कर भी क्या सकता था. क्योंकि इस वक्त मैं जहां खड़ा था वह उस जगह की मालकिन थी

" रात को ठीक 11:00 बजे पहुंचकर, लाश को ठिकाने लगा देना... " वह अपना फरमान जारी करते हुए बोली... "और चिंता मत करो, आज के बाद तुम्हें तुम्हारा मेहताना मिल जाएगा"

मैं वहां खड़ा उसे देखता रहा, इस उम्मीद में कि कहीं वह बदल जाए और यह सब करना छोड़ दें.. लेकिन उसकी आंखों में इस वक्त एक खूंखार जानवर दिख रहा था.

"जी मैम, मैं आ जाऊंगा..." बोलकर में भारी कदमों के साथ वहां से बाहर आया, टैक्सी चालू की और निकल पड़ा सड़कों पर...

मैं इस वक्त कहां जा रहा था, किस तरफ जा रहा था इसका मुझे जरा भी अंदाजा नहीं था. आंख के सामने इस वक्त कई खयालात उभर रहे थे, कभी मुझे रोशनी दिखाई देती, तो कभी उसका वह कत्लखाना... जहां वह मासूम लोगों की जान लेती थी. तो कभी मुझे वह वक्त नजर आता जब मैंने अपने महीने भर की कमाई को इकट्ठा कर एक अच्छे से डॉक्टर के पास गया और उसने मुझे खबर दी कि... मुझे कैंसर है और यह बीमारी मेरे पूरे शरीर को धीरे-धीरे मौत की तरह घसीट रही है... मुझे यह स्वीकार कर लेना चाहिए था, मुझे मौत को अपना लेना चाहिए था. तो शायद वह नहीं होता है जो अब होने वाला था. पर मैंने ऐसा नहीं किया, बिल्कुल भी नहीं...

" इसका इलाज तो हो जाता है ना ?" घबराते हुए मैंने डॉक्टर से पूछा

" हो जाता है लेकिन, अब तुम्हारा नहीं हो सकता..."

" क्यों... " अंदर से मैं चिल्लाते हुए, रोते हुए और बाहर से बिना रोए और बिना चिल्लाए शांत लहजे में पूछा

"तुम अब लास्ट स्टेज में हो और यदि तुम अपना इलाज भी कर पाओगे तो इसके लिए बहुत खर्च होगा...."

दिल भर आया, आंखें रोने के लिए तत्पर थी, गला सूख चुका था.. लेकिन मैंने वहां खुद को कैसे भी करके संभाले रखा और वहां से बाहर आया... उस दिन मैं अपने किराए के मकान में नहीं गया, दिनभर सड़कों पर यूं ही खाली टैक्सी चलाते हुए बस अपने अंजाम के बारे में सोचता रहा, ऐसा अंजाम जिसे अब कोई नहीं बदल सकता था. मैं पल

पल मर रहा था, घड़ी का आगे बढ़ता हुआ और कांटा मुझे नजदीक आ रही मौत का एहसास करा रहा था.

उस दिन साला पहली बार खुद के गरीब होने पर इतना दुख हुआ मैं.. वह पूरी रात मैंने यूं ही सड़कों पर टैक्सी चलाते हुए गुजारी, मौत तो अभी दूर थी लेकिन उस रात मैं हर वक्त तड़प तड़प कर मरा. मुझे सबसे ज्यादा चिंता खुद के मौत की नहीं थी बल्कि इस बात से थी कि मेरे जाने के बाद गुड़िया का क्या होगा ? वह तो अभी बहुत छोटी है, उसका तो मेरे सिवा इस दुनिया में कोई और है भी नहीं... मेरे मरने के बाद क्या करेगी वह, कहां जाएगी.. किसके सहारे अपनी जिंदगी जिएगी और कैसे ? सबसे बड़ी फिक्र इस बात की हो रही थी कि मेरी छोटी सी चंचल बहन मेरे मरने का सदमा कैसे बर्दाश्त करेगी. उसे तो इस साल स्कूल भी भेजना है, अब यदि मैं ही नहीं रहा तो कौन यह सब करेगा उसके लिए......

" संतोष..." मेरे एक दोस्त का नाम मुझे याद आया

मेरी इस श्रापित जिंदगी में मैं सिर्फ तीन को अच्छी तरह से जानता था.. एक तो मेरी बहन गुड़िया, दूसरा संतोष और तीसरा था मेरे टैक्सी का नंबर.. इस वक्त मुझे संतोष ही एकमात्र सहारा दिखाई दे रहा था, लेकिन अगले ही पल मुझे उसके, उसकी बीवी से मारपीट की घटना याद आई जिसके बाद उसकी बीवी ने खुदकुशी कर ली थी....

" नहीं, वह साला बहुत बड़ा कमीना है, उसका कोई भरोसा नहीं वह कुछ पैसों के लिए गुड़िया को बेच.... " आगे मैं सोच नहीं पाया क्योंकि मेरे सामने इस वक्त एक लड़की खड़ी थी, और उसके इस तरह अचानक से सामने आने के कारण मैंने जोरदार ब्रेक मारा.

"अग्रसेन नगर चलोगे ? "उसने आकर मुझसे पूछा

" माफ कीजिए"

" सोच लो"

"अब सोचने के लिए वक्त ही नहीं बचा है, किसी दूसरे को पकड़ो... "कहते हुए मैंने टैक्सी फिर से स्टार्ट कर दी

"यदि तुम मुझे अग्रसेन चौक तक छोड़ोगे तो यह 500-500 के दोनों नोट तुम्हारे... "अपने पर्स से नोट बाहर निकाल कर मुझे दिखाते हुए वह बोली... "ज्यादा सोचो मत यह मौका बार-बार नहीं आता"

उसने मुझे ना सोचने के लिए कहा था, लेकिन उसके उलट अब मैं सोचने लगा था. एक टैक्सी ड्राइवर के लिए 1000 रुपए बहुत ज्यादा होता है और अभी जो हालत मेरी थी उसके हिसाब से तो यह बेहद जरूरी था कि मैं उसे उसकी मंजिल तक छोड़ और हजार रुपए जो उसके हाथ में है उसे अपने हाथ में ले लूं. अभी मैं सोच ही रहा था कि वह बोली...

" ओके...1500... अब क्या बोलते हो ?" ऐसा बोलते हुए उसने 500 का एक और नोट निकाला

अभी इस वक्त मैंने जहां टैक्सी रोकी थी वह शहर से एकदम दूर एक जंगली एरिया था. जहां रात के 7:08 बजे के बाद साइकिल वाला तक दिखाई नहीं देता और जो लड़की इस वक्त बाहर खड़ी थी वह जरूर बहुत ही अमीर होगी... ऐसा मैंने अंदाजा लगाया और उसकी तरफ एक नजर देखा. मुझे उसे देखने से पहले अपनी आंख फोड़ लेनी चाहिए थी, आंखों पर पट्टी बांध लेना चाहिए था और वहां से तुरंत निकल जाना चाहिए था.. लेकिन मैं रुका, और उसकी तरफ देखा भी....

गोरा रंग, अच्छी खासी हाइट, माथे पर एक काला लंबा बिंदी, कानों में बड़े-बड़े झुमके, गले में अजीबो गरीब एक लॉकेट और होठों पर एक रहस्यमई मुस्कान... मेरी नजर अब भी उस लड़की पर टिकी हुई थी जो इस वक्त पंद्रह सौ रुपये लिए हुए टैक्सी के बाहर खड़ी थी.

" अच्छा चलो, जब तुम्हें जाना ही नहीं है तो मैं तुम्हें क्यों फोर्स करूं ...." जब बहुत देर तक मैं बिना कुछ बोले उसे देखता रहा तब वह बोली और वहां से सामने तरफ सड़क पर चलने लगी

" मैं तैयार हूं, चलिए... "खिड़की से अपना सर निकालकर मैंने उसे आवाज दी

वह मुस्कुराते हुए पलटी और आकर सीधे टैक्सी में पीछे बैठ गई. अग्रसेन चौक वहां से लगभग 1 घंटे की दूरी पर था और वहां बुकिंग पर किसी टैक्सी वाले को ले जाना... अधिक से अधिक 300 रुपए लगते थे, लेकिन मुझे तो पंद्रह सौ मिल रहे थे, इसलिए मैं मना नहीं कर पाया. आज मैं खुद उखड़ा उखड़ा सा था इसलिए सुनसान सड़क होने के बावजूद में टैक्सी बहुत दिन में चला रहा था, तभी वह बोली...

"अभी-अभी ड्राइविंग सीखी है क्या"

उसके अचानक इस तरह बोलने से मैच होगा और पीछे मुड़कर उसकी तरफ देखा..

"अभी-अभी ड्राइविंग सीखी है क्या... "उसने अपना सवाल दोहराया

" 5 साल हो गए"

" तो फिर तेज चलाओ, जिस स्पीड से हम जा रहे हैं उसमें तो अग्रसेन चौक तक पहुंचने में कल सुबह हो जाएगी"

उसके कहने पर मैंने एक नजर मीटर पर डाली, वह सच बोल रही थी.. टैक्सी अभी 40 की स्पीड से चल रही थी. मैंने टैक्सी की स्पीड बढ़ाई और तेजी से अग्रसेन चौक की तरफ बढ़ने लगा. उस वक्त मैंने एक चीज गौर की और वह यह कि जो लड़की इस वक्त पीछे बैठी है, वह मुझे घूर रही है, जबकि बाहर का नजारा मुझसे लागुना अच्छा था देखने के लिए, घूरने के लिए...

" किसी प्रॉब्लम में फंसे हो क्या ? "उसने अपना अगला सवाल दागा

सुबह से मैं एक दर्द सीने में लिए हुए था और अंदर ही अंदर घुट रहा था. मैं अपना दर्द किसी को बताना चाहता था, किसी के साथ अपना दर्द कम करना चाहता था लेकिन मेरी इस जिंदगी में इस वक्त ऐसा एक भी शख्स नहीं था जिसे मैं यह बता पाता. इसलिए जब उसने मुझसे पूछा तो बिना एक पल की देरी के मैं तुरंत बोल पड़ा... और वह अनजान भी थी जो कुछ देर में मेरे टैक्सी से उतरने वाली थी, इसलिए उसे बताने में मैंने कोई... मतलब मैंने कुछ सोचा ही नहीं और बस उसके पूछने पर...

" मुझे कैंसर है"

" ओह !" वह सिर्फ इतना ही बोली

" दिक्कत इससे भी बड़ी है मेम साहब, मुझे कैंसर है या मैं कुछ दिनों में मर जाऊंगा इसकी मुझे ज्यादा परवाह नहीं है.. परवाह है तो सिर्फ अपनी एक छोटी बहन की.. जिसका मेरे बाद इस 100 करोड से अधिक लोगों में भी कोई नहीं है...."

"ओह !" वह फिर इतना बोल कर चुप हो गई

उस वक्त मुझे खुद नहीं पता था कि मैं इसे यह सब क्यों बता रहा हूं, मैं आगे बोला

"आजकल खबर भी ऐसी आती है कि कलेजा फट पड़ता है कुछ कमीने लोग अनाथ लड़कियों से जिस्मफरोशी का धंधा करवाते हैं. कहीं मेरे मरने के बाद मेरी गुड़िया का भी यही हाल..... "बोलते हुए मैंने टैक्सी वहीं रोक दिया और टैक्सी से बाहर निकल कर खुद को... समझाने बुझाने लगा. कि ऐसा कुछ भी नहीं होगा. सब ठीक हो जाएगा. इस दौरान वह लड़की कार में बैठी रही. जब मैंने खुद को सामान लिया तो वापस टैक्सी में बैठा और टैक्सी आगे बढ़ा दे.

"वैसे कैंसर का इलाज तो मुमकिन है, डॉक्टर ने क्या बोला ?"

" शायद आपने मेरी हालत नहीं देखी. मैं एक टैक्सी ड्राइवर हु"

"तो क्या टैक्सी ड्राइवर कैंसर के इलाज नहीं करवा सकता है ऐसा कोई नियम है क्या ?"

"आप समझी नहीं, मेरा कहने का मतलब था कि एक टैक्सी ड्राइवर के पास इतने पैसे नहीं होते कि... वह कैंसर जैसी बीमारी का इलाज करवा सके.. "

उसके बाद उसके और मेरे बीच कोई बात नहीं हुई. मैंने अग्रसेन चौक पर टैक्सी रोकी. उसने उतर कर मुझे 1500 दिए और आगे बढ़ गई. मैं अभी वहां अपनी टैक्सी में बैठ कर उसे वहां से जाते हुए देख रहा था.

"काश कि मैं भी इतना अमीर होता"

मुझे वहां से चले जाना चाहिए था, तुरंत चले जाना चाहिए था. टैक्सी आगे बढ़ा लेनी चाहिए थी और यदि टैक्सी चालू नहीं होती तो

पैदल ही वहां से भाग जाना चाहिए था. पर वहां नहीं रुकना चाहिए था. किसी भी सूरत पर नहीं. लेकिन मैं रुका और उसे वहां से जाते हुए देखता रहा

" सुनो...." वह एकदम से पीछे पलट कर वापस मेरी तरफ आते हुए बोली... "मेरा एक काम करोगे ? तुम किसी झाड़-फूंक करने वाले बाबा के पास नहीं गए ?"

" हैन... क्याआ.. क्या...."

"इतना चौको   मत, उनके पास बहुत ही अजीब अजीब शक्तियां होती हैं यदि किसी को जानते होगे तो चले जाना.. क्या पता किस्मत तुम्हारे हाथों की लकीरों को बदल दे..." इतना बोल कर वह फिर वापस पलट गई.

"दिल को भटकाने का अच्छा तरीका बताया है आपने... "मैंने आवाज थोड़ी ऊंची करके उससे कहा

"क्या... "वह एक बार फिर पलटी.. "I am not joking. It is real and serious "

"क्या मैं कुछ समझा नहीं, क्या बोली आप अभी"

मेरे क्या.. कहने पर जैसे से समझ आया कि वह इस वक्त किस इंग्लिश कोचिंग क्लास की टीचर से नहीं बल्कि एक टैक्सी ड्राइवर से बात कर रही थी, उसने अपना हाथ अपने सर पे मारा और बोली

"मैं मजाक नहीं कर रही, ऐसा सच में होता है"

" टैक्सी ड्राइवर हु, इसका मतलब यह नहीं कि मुझे कोई भी टोपी पहना कर चला जाएगा..."

"As you wish, if you don't believe on this kind of magic, then go.. I don't care..."

उसके इस लंबे चौड़े इंग्लिश की लाइन्स को सुनकर मैं उसकी तरफ एकटक देखता रहा और कुछ देर बाद उसे फिर समझ में आया कि वह इस वक्त एक टैक्सी ड्राइवर से बात कर रही है.

"सॉरी... मेरे कहने का मतलब था कि.". उसने अपना चेहरा मेरे करीब दिया और फिर एकदम चीखकर बोली... "भाड़ में जाओ"

" तेरी मां की..."पूरा काम जब उसके चीखने से झनझना उठा तो मैं अंदर ही अंदर बोला. पर उसके इस तरह के बर्ताव के कारण मेरे अंदर एक उम्मीद की किरण जाग उठी थी. मैं तुरंत टैक्सी से उतरा..

" सुनिए"

" व्हाट"

मैंने एक लंबी सांस भरी और फिर और हड़बढ़ाते हुए जल्दी से बोला.."मैं किसी भी जादूगर को नहीं जानता यदि आप किसी को जानती हो तो मुझे उसका पता दे दीजिए"

"जो यह काम करते है उन्हें जादूगर नहीं, उन्हें तांत्रिक कहते है"

" जो भी हो.. यदि आप किसी अच्छे तांत्रिक का पता दे देती तो..."

" मैं खुद हूं.. "वह बोली और अपना एक हाथ आगे बढ़ाते हुए कहा "मेरा नाम रोशनी है"

" क्या.. एक एक एक..." उसके ऐसा बोलने पर मैं उसे एक बार ऊपर से नीचे तक देखा, यदि उस वक्त मेरी जगह कोई और भी होता तो वह उस लड़की को कोई अमीर बिगड़ी हुई लड़की कहता, जो अपने बाप के पैसों को बड़े जोर शोर से उड़ाती है

"मजाक करने लगे आप भी"

"एक चीज समझ जाओ.. और एक चीज हमेशा याद रखना कि, मैं कभी झूठ नहीं बोलती"

" सच..." उस पल मुझे कुछ ठीक लगने लगा था, जो उदासी सीने में सुबह से थी वह थोड़ी निकल गई थी.. मैंने आगे कहां... "चलो फिर मेरे कैंसर का इलाज कर दो.. बड़ी मेहरबानी होगी"

" तैयार हो क्योंकि इस काम के बदले में मैं तुम्हें जो कहूंगी,वह तुम्हें करना पड़ेगा"

" मैं करूंगा.. सिवाय एक काम के... मैं किसी की जान नही लूंगा... "मैंने हंसते हुए कहा और मेरे ऐसा कहने पर वह भी मेरे साथ हंस पड़ी लेकिन मुझे मालूम नहीं था कि इस मासूम हंसी के पीछे खूंखार जानवर दहाड़ मार रहा था मुझे जरा सा भी अंदाजा नहीं था कि मैं अपनी जिंदगी की सबसे बड़ी गलती करने जा रहा हूं मुझे उसके साथ उसके घर नहीं जाना चाहिए था बिल्कुल भी नहीं जाना चाहिए था लेकिन मैं गया,हंसते मुस्कुराते हुए गया....

" अब बोलो मानते हो ना कि मैं बाहर मजाक नहीं कर रही थी..". उसके घर के अंदर आया जहां का नजारा देखकर जेहन में एक भयंकर डर भर गया

जब मैं अग्रसेन चौक से या उसके घर की तरफ आ रहा था तो मैंने सोचा था कि वह एक बिगड़ी लड़की होगी और इस बहाने से वह शायद मेरे साथ रात गुजारना चाहती हो. मैं उसके साथ गया क्योंकि ऐसा पहली बार नहीं हो रहा था, अक्सर रात भर पार्टी में घूमने वाली लड़कियां शराब पीकर ऐसी ही हरकतें करती हैं और मेरे साथ तो दो-तीन बार पूरा खेल हो चुका था इसलिए मैं यही सोचकर रोशनी के साथ आया था लेकिन इस वक्त मैं जिस रूम में खड़ा था वाह एक तरफी लड़की की लाश पड़ी थी उसके माथे पर एक अजीब तरह से निशान बनाया गया था उस सर के बाल गायब थे उसकी हालत देखकर मैंने अपनी आंखें बंद कर ली हो तुरंत वहां से भागा

" अपनी जिंदगी चाहते हो तो वापस आओ.. " एक आवाज पूरे घर में गुंजी लेकिन मैंने उस आवाज को पूरी तरह नजरअंदाज किया और वहां से भागकर वहां पहुंचा जहां मैंने टैक्सी खड़ी की थी और वहां से सीधे अपने किराए के रूम की तरफ फुल स्पीड में भागा.. मेरा मतलब... टैक्सी को भगाया..

उस लड़की की लाश, मैंने रोशनी के घर में देखा था वह अभी मेरे आंखों के सामने से नहीं हट रही थी घर आकर उस पूरे कमरे का दृश्य मेरी आंखों के सामने छाने लगता जब बहुत कोशिशों के बावजूद मैं परेशान ही रहा तो अपने बिस्तर से उठ कर बाहर निकला और वही रूम के आसपास टहलने लगा और कुछ देर बाद अपने रूम में वापस आया तो गुड़िया पर नजर पड़ी.. गुड़िया सुकून से सो रही थी और उसे ऐसे सोता देख सुकून मिला. पर ना जाने वह कौन सी मनहूस घड़ी थी जब मेरे मन में एक बार वह शब्द गूंजे जो रोशनी ने मुझसे कहा था

"तुम्हारे कैंसर के इलाज के बदले में मैं तुम्हें जो कहूंगी करना पड़ेगा"

क्या करवाना चाहती थी वह मुझसे और वह लड़की जिसकी... जिसकी लाश मैंने उसके घर में देखी वह कौन थी और क्या उसे रोशनी ने मारा था अच्छा हुआ जो मैं वहां से बाहर निकलो वरना ना जाने.. वह मेरे साथ क्या-क्या करती मैं खुद उल्लू था जो कि उसके साथ उसके घर तक कुछ और समझ कर गया... मुझे वह किसी चुड़ैल की तरह लग रही थी और मुझे यह तो यही लग रहा था कि कहीं वह मेरे पीछे ना पड़ जाए मैं दिल ही दिल में ऊपर वाले से यही दुआ मांग रहा था कि वह लड़की मुझसे कभी सपने में भी ना मिले।

"अवधेश भैया, अवधेश भैया"

" क्या हुआ गुड़िया"

"वह नीचे वाली आंटी ना खाना नहीं दे रही है, बोल रही है कि..."

" तू यहीं बैठ, मैआता हूं.." बिस्तर से उठकर मैंने शर्ट पहनी और नीचे की तरफ से लिया जाने लगा।

इस वक्त में गाली खाने जा रहा था कि सी गुड़िया जैसी आंटी बोल रही थी वह कोई और नहीं बल्कि हमारे किराए के मकान की मालकिन थी और उन्हीं के मेस में हम खाना भी खाते थे. गुड़िया बहुत छोटी थी इसलिए हर कहीं फुदकती रहती थी कभी-कभी तो रूम मालकिन के पास में चली जाती उनकी बेटी के साथ खेलती... जिसका फायदा सीधे मुझे होता था क्योंकि यदि मैं टैक्सी चला रहा होता हूं तो गुड़िया में के घर के पार्क में खेलती रहती है और यदि रात हो जाए तो वह उन्हीं के घर में सो जाती थी. हमारी रूम मालकिन दिल की बहुत अच्छी थी मैंने गुड़िया को लेकर कभी कोई शिकायत नहीं की बल्कि वह भी उससे प्यार करती थी....

पर जिंदगी प्यार के सहारे नहीं चलती उसके लिए बहुत सारा पैसा चाहिए होता है हमारी रूम मालकिन मेरी मजबूरी समझती थी इसलिए उन्होंने मेरी लेट लतीफ के लिए कभी ज्यादा लड़ाई नहीं की लेकिन इस बार रूम का किराए दिए हुए इस वक्त 3 महीने से ज्यादा हो चुका था और गुड़िया को मैस से खाली पेट भेजने का उसका यही मकसद था कि मुझे थोड़ा अकल आए... और मैं उसे पैसे जल्दी दूं. मैं खुद भी यह बात बहुत अच्छी तरह से जानता था, समझता था.. लेकिन पिछले कई महीने की कमाई सिर्फ मेरे इलाज में निकल जा रही थी.. इसलिए अभी मुश्किल था

उस दिन में मकान मालकिन से बात करने पर ही मालूम चला कि यदि मैंने उनको पैसे जल्दी नहीं चुकाए तुम मुझे रूम खाली करना पड़ेगा एक तो यह जानलेवा बीमारी और ऊपर से पैसों की कमी ने मेरी परेशानी मैं चार चांद लगा दिए थे. मैंने उनसे मेहनत की की वह आज गुड़िया को खाना दे दे कल मैं उनके आधे पैसे चुका दूंगा

उसके बाद मैंने सीधे टैक्सी निकाली और कुछ कमाने निकल गया.. क्योंकि अभी थोड़े बहुत पैसे भी मैं उन्हें दे देता तो कुछ दिनों की मोहलत मिल जाती. मैं निकला तो किसी और काम से था लेकिन इस वक्त भी मेरी आंखों के सामने कल रात वाला दिल से चल रहा था मुझे वह लड़की दिख रही थी उसकी वह मुस्कान देख रही थी और उसके बाद मैंने देखा एक घर और उस घर के भीतर एक लाश. जिसके पूरे शरीर के कपड़े गायब थे और शरीर पूरा खून से सना हुआ था.

"अग्रसेन चौक तक चलोगे भैया... "दो लड़कों ने खिड़की के अंदर झांक कर मुझे आवाज दी

" अग्रसेन चौक.... "यह सुनते ही मैंने तुरंत मना कर दिया.

"प्लीज भैया चलो ना डबल पैसा ले लेना बहुत रात हो गईं है.."

" अच्छा बैठो... "डबल किराया सुनकर मैंने उन्हें बैठने के लिए कहां, क्योंकि कैसे भी करके मुझे अपने मकान मालकिन का बिल चुकता करना था. लेकिन परेशानी अब भी थी.. कि मेरे जाने के बाद यह सब कौन करेगा...

उन दोनों को अग्रसेन चौक तक छोड़ने के बाद मैंने उस लड़की के घर की तरफ देखा.. जहां से कल रात में भागा था. ना जाने क्यों अब वह घर मुझे एक भूतिया घर दिख रहा था, एक बार मैंने सोचा कि जाकर पुलिस को इसकी खबर दे दूं. लेकिन अगले ही पल ख्याल आया कि वह जादू टोने से कुछ कर ना दे. वैसे भी मेरा कोई ना देना नहीं उस मरने वाली लड़की से. इसलिए मैंने वहां से जाने में ही भलाई समझी. मैंने टैक्सी वापस घर की तरफ मोड़ दे लेकिन चिंता इस बात की सता रही थी कि मैं अपने मकान मालकिन से क्या बहाना मारूंगा आज की पूरी कमाई तो सिर्फ 500 ही है. इतने में तो वह मानने से रही. ऊपर से आज गुड़िया बोल रही थी कि उसे बुखार है उसके लिए दवाई भी लेनी है.

और उस मनहूस वक्त में मैंने अपनी टैक्सी डरते हुए वापस अग्रसेन चौक तक मोड़ी और वहां से उधर की तरफ जहां मुझे हरगिज़ नहीं जाना चाहिए था, कुछ देर तक मैं रोशनी के घर के बाहर ही टैक्सी में बैठा रहा. एक अजीब सा डर इस वक्त मुझे ठहरे हुए थे ना जाने अंदर क्या होगा ना जाने वह मुझे देख कर क्या करेगी.. कहीं वह मुझे भी ना मार दे.. लेकिन उसने कल रात कहा था कि मेरी बीमारी के इलाज वह कर सकती है...

खुद को मजबूत करके मैं कांपते हुए कदमों के साथ टैक्सी से निकलकर दरवाजे की तरफ बढ़ा और दरवाजे के नजदीक पहुंच कर

भी मैं बहुत देर तक वहां खड़ा यह सोचता रहा के अंदर जाऊं या ना जाऊं. चाचा मैंने दरवाजा के बाहर लगी घंटी बजाई और अगले ही पल दरवाजा खुला. और उसका मुस्कुराता हुआ चेहरा मेरे सामने था रोशनी को देखकर मेरा गला सूख गया वह इस वक्त अपने जिस्म में सिर्फ एक कपड़ा लपेटे हुए थी. और उसका पूरा जिस्म इस तरह से भीगा हुआ था जैसे कि वह भी कुछ देर पहले नहा रही हो, यदि वह नहा रही थी तो फिर इतनी जल्दी से दरवाजा कैसे खोला ? क्या उससे पहले से मालूम था कि मैं यहां आने वाला हूं ?

"मैं जानती थी तुम जरूर आओगे..." सामने से हट कर उसने मुझे अंदर आने का इशारा किया और सीढ़ियों से ठीक उसी रूम की तरफ जाने लगी जहां मैंने कल रात एक लड़की के खून से सनी लाश देखी थी

"अरे आओ... घबराओ मत, कुछ नहीं है अब... "रूम के बाहर जब मैं खड़ा हो गया तो वह बोली और फिर अपने हाथ से मेरा हाथ पकड़ कर अंदर खींच ली.. अंदर सचमुच में कल जैसा कुछ भी नहीं था मैंने पूरे रूम पर एक नजर मारी और बोला..

"मेरी बीमारी का इलाज हो सकता है ?"

"बिल्कुल हो सकता है लेकिन उसके लिए मैं तुम्हें जो कहूंगी करना   पड़ेगा..."

"ना तो मैं किसी दूसरे की जान लूंगा और ना ही अपनी दूंगा.. "उसके कुछ भी आगे बोलने से पहले ही मैं बोल पड़ा

वैसे तो उस वक्त में कुछ भी बोलने की हालत में नहीं था क्योंकि मुझे उसकी जरूरत थी और मैं खुद ही यहां आया था इसलिए

जो भी बोलना था उसे ही बोलना था लेकिन मैं फिर भी बोला कांपते हुए बोला जिसके जवाब में उसने एक एक बार फिर अपनी कातिलाना मुस्कान मुझे दिखाने लगी

"कोई बात नहीं, मैं तुमसे ऐसा नहीं करवाउंगी... लेकिन जो काम है वह बहुत ही खतरनाक है"

" क्या करना पड़ेगा मुझे"

"तुम कल यही, इसी वक्त पर आना, वह मैं तुम्हें बता दूंगी.. अब तुम जा सकते हो या फिर आज रात यही रुक कर मैं क्या करती हूं यह देख सकते हो.."

मैं पागल नहीं था इसलिए मैं तुरंत वहां से निकलने के लिए पीछे मुड़ा लेकिन तभी उसने मुझे फिर आवाज दी

"सुनो यह लो"

"क्या."बोलते हुए मै पीछे मुड़ा तो मेरा मुंह खुला खुला रह गया इस वक्त मेरे सामने 100-100 के नोटों की एक गड्डी थी

"ले लो... यह तुम्हारा एडवांस है"

उसके हाथ से मैंने वो गड्डी लिए और लगभग दौड़ते हुए वहां से बाहर निकला. दूसरे दिन में ठीक उसी समय पर वहां पहुंचा आज उसके घर का दरवाजा पहले से ही खोला था इधर तो आज भी लग रहा था लेकिन कल से थोड़ा काम... दो बार वाले रूम में ही बैठे टीवी देख रही थी और आज उसके पूरे जिस्म मे कपड़े थे.मुझे देखते ही उसने मुझे अपने साथ ऊपर चलने के लिए कहा और जैसे ही उस रूम में मैं दाखिल हुआ, मैंने अपनी आंखें बंद कर ली... इस वक्त वहां जमीन पर एक लाश पड़ी हुई थी उस वक्त लाश पर मेरी सिर्फ एक नजर गई थी

लेकिन फिर भी मैंने बहुत कुछ देख लिया था... जो लाश इस वक्त जमीन पर पड़ी थी उसकी दोनों आंखों को बड़ी बेरहमी से निकाला गया था... जीभ बाहर करके, जीभ के बीचो बीच लकड़ी का एक टुकड़ा घुसाया गया था.

"तुम्हारा काम यह है कि तुम उसके शरीर को ठिकाने लगाओगे.."

"क्या.. ये करना होगा..."

" यही काम है"

मुझे उसी वक्त उसके काम के लिए मना कर देना चाहिए था और उस दिन की तरह आज भी वहां से भाग जाना चाहिए था लेकिन मैंने ऐसा कुछ भी नहीं किया मैं वहीं खड़ा होकर अपनी आंखें बंद किए हुए था, शायद मैं उस वक्त का इस काम के लिए हिम्मत जुटा रहा था. उसके बाद मैंने वैसा ही किया जैसे उसने कहा था मैंने उस लाश को टैक्सी में रखा और फिर एक खाई से नीचे फेंक दिया... जहां नीचे एक नदी बहती थी. उसने फिर मुझे नोटों की एक गड्डी थमा दी. इस बार उसने मेरा मोबाइल नंबर भी लिया और मुझे अपना नंबर दिया. उसने कहा कि उसे जब भी मेरी जरूरत होगी वह मुझे बुला लेगी.

उसके बाद एक हफ्ते तक उसका कोई फोन नहीं आया उसके लिए वह पैसों से मेरी उस वक्त की लगभग सारी परेशानी दूर हो गई थी लेकिन मुझे अंदाजा होने लगा था कि मेरे इस काम का नतीजा बहुत बुरा होगा. मैं तुझे पाप कर रहा हूं इसका बुरा परिणाम मुझे भुगतना ही पड़ेगा. मेरे इस कुकर्मो का असर गुड़िया पर ना पड़े..

इसलिए मैंने जादू टोना से बचाने वाली एक लॉकेट लाकर उसके गले में बांध दिया था.

एक हफ्ते बाद जब मैं टैक्सी चला रहा था तो रोशनी का फोन आया, उसने मुझे रात को ठीक उसी वक्त आने के लिए कहा. क्योंकि मुझे अंदाजा हो गया था कि मुझे क्या करना है इसलिए मैं थोड़ा तैयारी से वहां गया और मेरा अंदाजा सही भी निकला. उस दिन की तरह आज भी मुझे एक लाश को ठिकाने लगाना था.

वैसे तो मुझे कैंसर की बीमारी ने जकड़ रखा था, लेकिन इस वक्त मेरे पूरे शरीर में पाप भरा हुआ था मैं जानता था कि मैं जो कर रहा हूं वह गलत ही नहीं बल्कि पाप भी है लेकिन मेरे इस पाप से दो जिंदगिया संवर रही थी....एक मेरी और दूसरी मेरी बहन की.. ईसलिए मैं इस काम को करता गया.. क्योंकि इसके अलावा मेरे पास कोई दूसरा रास्ता नहीं था. उसके बाद उसने मुझे दो बार और बुलाया इस दौरान हम दोनों के बीच यौन संबंध में बना... उसी की मर्जी से. क्योंकि उसने मुझे कहा था कि यदि मुझे कैंसर की बीमारी से छुटकारा पाना है तो मुझे उसके साथ सोना ही पड़ेगा. बार-बार मेरे काम के पैसे मुझे देती थी हम बोलते कि जल्दी मेरी बीमारी दूर हो जाएगी और फिर मुझे वह छोड़ देगी. और मुझे बस उसी दिन का इंतजार था.

यही सब सोचते हुए मेरा फोन जो अभी तक इतनी देर से शांत पड़ा था वह बजने लगा...कॉल रोशनी की थी.

"आज बस आखरी बार मेरा काम कर दो... फिर तुम जा सकते हो. मैं तुम्हें नहीं फिर कभी नहीं बुलाऊंगी"

" और मेरी बीमारी ?"

" वह तो कब की ठीक हो चुकी है डॉक्टर से टेस्ट करवा कर देख सकते हो..."

"ठीक है मैं आ जाऊंगा"

उसके बाद मैंने फोन वापस अपनी जेब में ठूसा और सबसे पहले उसी डॉक्टर के पास गया जिसने मुझे मेरे आने वाली मौत की खबर सुनाई थी और इस वक्त अपनी आंखें फाड़ फाड़ कर कभी मुझे देखता है तो कभी मेरी रिपोर्ट को...

" I cannot believe this... how is this even possible... तुम ठीक कैसे हुए ?"

" धन्यवाद साहब"

" तुम्हारी रिपोर्ट देख कर ऐसा लगता है जैसे तुम्हें कभी कुछ हुआ ही नहीं था"

उसके बाद मैंने टैक्सी रोशनी के घर किधर है मोदी और हर बार की तरह आज भी उसके घर का दरवाजा खुला हुआ था जब बाहर वाले रुम में वह मुझे नहीं दिखे तो मैं सीधे उस रूम की तरफ बढ़ा... जहां वह अपने चीरा फाड़ी के काम को अंजाम देती थी. मुझे अभी तक इसकी कोई जानकारी नहीं थी कि वह जिन्हें मारती है वो कौन है, और वह ऐसा क्यों करती है... और ना ही मैंने इसके बारे में कभी ज्यादा सोचा... क्योंकि सोचने का कोई मतलब भी नहीं था.

हर बार की तरह वहां आज भी एक लाश थी, जिसके पूरे जिस्म को एक सफेद चादर से लपेट दिया गया था... मेरे हाथ हमेशा की तरह आज भी लाश को उठाते हुए काँप रहे थे. उसने मुझे आज कुछ भी नहीं

कहा... उसकी हर बार वह मुझे अगली तारीख बता देती है, मुझे आना होता है. लेकिन वह आज मुझे कुछ नहीं बोली.. क्योंकि आज मेरा आखिरी दिन था. बीमारी के साथ साथ मैं उससे भी मुक्ति पा रहा था. मैंने लाश को टैक्सी में रखाऔर उस खाई की तरह बढ़ चला जहां से मैंने कई लाशों को नीचे फेंका था.

"मुझे माफ करना... मैं यह सब बिल्कुल भी नहीं करना चाहता था.. लेकिन मेरी बहन के ख्याल ने मुझे यह सब करने पर मजबूर कर दिया... "कहते हुए मैंने लाश को खाई से नीचे फेंका और जैसे ही वापस मुड़ा तो मेरा पैर किसी चीज से टकराया... मैंने उस चीज पर टॉर्च मारी और जैसे ही मैंने वह चीज देखी, मेरा पूरा खून सूख गया... कलेजा जैसे फट पड़ा हो.. मैं सिर्फ इतना ही बोल पाया..

"यह तो वही लॉकेट है,जो मैंने गुड़िया को दिया था"

******T H E   E N D******

Story 4

THE BLACK SWAN THEORY

1: Missing

रविवार को यानी कि 17 सितंबर को मैं, Black Swan theory पर सेमिनार के सिलसिले में पुणे के लिए रवाना हुआ, तब मधुलिका घर

पर थी. पुणे पहुंचकर जब मैंने मधुलिका को कॉल किया तो उसका मोबाइल स्विच ऑफ था. अमिताभ इस पर ज्यादा ध्यान नहीं दिया और सेमिनार अटेंड करने के लिए निकल गया. मैंने सिम नेट खत्म होने के बाद मधुलिका को दोबारा कॉल किया लेकिन मधुलिका का मोबाइल तब भी स्विच ऑफ ही था. इसलिए मैंने सोचा कि मधुलिका जरूर अपने किसी फ्रेंड के साथ पार्टी कर रही होगी या फिर कहीं घूमने गई होगी "

" आपको कैसे पता कि मैं अपने किसी दोस्त के यहां होगी... मेरा मतलब.. आप तो पुणे में थे....फिर आपको कैसे.. "मुझे बीच में ही रोक कर इंस्पेक्टर माधुरे ने पूछा..

"मैं उसका हस्बैंड हूं, इंस्पेक्टर.और उसकी आदत है कि वह जब भी किसी पार्टी या फंक्शन में होती है तो अपना मोबाइल बंद कर लेती है"

"और वह ऐसा क्यों करती है ?"

"मधुलिका को उस दौरान कोई डिस्टर्ब करें,यह उसे पसंद नहीं... लेकिन अक्सर वह ऐसा करने से पहले मुझे बता देती थी.." अपने सर पर हाथ फेर कर मैंने माधुरे से कहा

"लीजिए करन साहब, चाय पीजिए... "चाय का कप मेरी तरफ बढ़ाते हुए माधुरे बोला.... "फिर आगे आपने क्या किया, जब मधुलिका का फोन बंद ही रहा तो...?"

"फिर मैंने उसके अगले दिन कॉल किया, यह सोचकर कि शायद वह मुझे बताना भूल गई हो... लेकिन मधुलिका का मोबाइल दूसरे दिन भी....."

" स्विच ऑफ था... "चाय की चुस्कियां लेते हुए माधुरे ने मेरी बात पूरी की.... "खैर, कंटिन्यू कीजिए"

"जब अगले दिन भी मधुलिका का मोबाइल स्विच ऑफ आ रहा तो मैंने अपने कुछ दोस्तों को कॉल किया जिनके यहां मधुलिका अक्सर जाया करती थी. पर उनमें से किसी को भी मधुलिका के बारे में कुछ नहीं मालूम था और तब मैंने मधुलिका के मम्मी पापा से बात की.... पर मधुलिका वहां भी नहीं थी और ना ही उन्हें उसके बारे में कुछ पता था. मैंने अपने एक दोस्त अजय को मेरे घर जाने के लिए कहा जिसके थोड़ी देर बाद अजय ने मुझे बताया कि मेरे घर पर तो ताला लगा हुआ है."

" मुझे उन सभी लोगों के नंबर और एड्रेस दीजिए, जिनसे मिलने मधुलिका जी जाया करती थी... "चाय का खाली कप टेबल पर सरकाते हुए माधुरे बोला...

मैंने इंस्पेक्टर को मधुलिका के सभी दोस्तों की जानकारी दी और पुलिस स्टेशन से बाहर आ गया.

मधुलिका से मेरी शादी को 2 साल हो चुके थे और यदि पिछले कुछ महीनों को छोड़ दिया जाए तो हम दोनों ही बहुत खुशी जीवन बिता रहे थे. पर पिछले कुछ दिनों से मधुलिका का व्यवहार थोड़ा अजीब हो गया था. वह मुझसे हर छोटी छोटी बात पर झगड़ा करने लगी थी. मुझे मालूम है कि इंसान को अपनी गलती कभी नहीं दिखती लेकिन वही झगड़ों में सच में मेरी कोई गलती नहीं थी. अब भला दूध वाला देरी से दूध पहुंचाए तो इसमें मेरी क्या गलती ? कई बार तो मुझे ऐसा लगता जैसे वह जानबूझकर यह सब कर रही थी. जानबूझकर मुझे से झगड़ रही थी.

2: The Affair

मैं आज भी कोसता हूं उस दिन को जब यह सब शुरू हुआ था. मैं कुछ महीने पहले अपने एक पुराने दोस्त देवेंद्र की शादी की सालगिरह में मधुलिका के साथ गया था. वही मधुलिका की मुलाकात देवेंद्र से हुई थी और जब सालगिरह का जश्न खत्म हुआ, तो मैं वापस अपने घर जाने की तैयारी करने लगा. लेकिन तभी देवेंद्र ने मुझे थोड़ी देर और रुकने के लिए कहा और मैं मान गया. मैं, मधुलिका, देवेंद्र और देवेंद्र की पत्नी लावन्या.... स्विमिंग पूल के पास बैठे हुए हंसी मजाक कर रहे थे और उसी समय जब मेरी बीयर खत्म हुई तो मैंने देवेंद्र को इशारा किया कि वह और बीयर लाए...

" कितना पीता है बे...सब खत्म कर दिया"

" मुफ्त की जो है.. जा जल्दी से दूसरी लेकर आ.. "खाली हो चुकी बीयर की बोतल को स्विमिंग पूल में फेंक कर मैंने कहा... "और भाभी, सब बढ़िया.... ये बकलोल, आपको ज्यादा परेशान तो नहीं करता"

जिसके बाद लावन्या हंसने लगी थी. मैंने उस रात और भी बहुत फिजूल की बातें करके सबका दिल बहलाया और जब वहां रखी बियर की आखिरी बोतल, आखरी बूंद भी खत्म हो गई तो मैं वहां से उठा... और बिना कुछ बोले उठ कर सीधे अंदर जाने लगा...

" कहां जा रहा है बेवड़े..."

" मुझे मालूम था कि ऐसा कुछ होगा... मुझे मालूम था कि तू कंजूसी करेगा... इसीलिए थोड़ा माल मैं अपने कार में लेकर आया हूं.. तुम सब रुको मैं आता हूं..."

" देवेंद्र, मैं सोने जा रही हूं...." मैं अभी वहां से चलकर थोड़ी दूर ही आया था कि मुझे लावन्या की आवाज सुनाई दी

कार के डिग्गी से ब्लैक डॉग का एक बंपर निकाल कर मैं वापस मुड़ा ही था कि... लावन्या मुझे ठीक मेरे सामने खड़ी हुई दिखाई दी. जिसे देखकर मैं मुस्कुराया... क्योंकि हम दोनों के बीच एक ऐसा रिश्ता पनप चुका था, जो समाज की नजर में, मेरे दोस्त की नजर में, मेरी बीवी की नजर में, यहां तक कि मेरी नजर में भी गलत था.. लेकिन फिर भी मुझे यह अच्छा लगता था और यही चीज मेरे लिए मायने रखती थी... बाकी सही गलत का फैसला मैंने किस्मत पर छोड़ दिया था.

"जब कोई औरत ज्यादा मुस्कुराए, तो उस पर भरोसा नहीं करना चाहिए.... लड़खड़ाते हुए लावण्या के पास जाकर मैंने कहा... कहीं आपका कोई गलत इरादा तो नहीं, मैम.. मैं शादीशुदा हूं...."

"शादीशुदा तो मैं भी हूं..." मेरे करीब आकर लावन्या बोली. लावन्या मेरे करीब आते हुए इतने करीब आ गई कि उसका सीना मेरे सीने से इस पर सोने लगा था.. हम दोनों बहुत देर तक एक दूसरे को देखते रहे और फिर मैंने अपने पैंट के ऊपर लावन्या का हाथ महसूस किया...

3: The Investigation

मधुलिका के गुमशुदा होने की रिपोर्ट दर्ज कराने के 4 दिन बाद मैं आज फिर पुलिस स्टेशन में था और मुझे पुलिस स्टेशन में देखते ही माधुरे बोल पड़ा...

" अच्छा हुआ आप आ गए, थोड़ा और देरी करते तो मैं राउंड पर निकल जाता... चाय पिएंगे..? अरे पिएंगे ही... द्विवेदी जी, दो कप चाय भेजना तो..."

" नहीं.. मैं नहीं पियूंगा.."

" अरे तो हम ही पी लेंगे 2 कप... कौनो नुकसान थोड़ी है.... "अपना दांत फाड़ते हुए इंस्पेक्टर माधुरे ने कहा.". जी हमें, मधुलिका जी की कॉल डिटेल चेक की है. इसमें एक नंबर पर बहुत बार कॉल किया गया है... शुरू में हमने सोचा कि वह आपका नंबर होगा.. लेकिन फिर जब नंबर की जांच पड़ताल किया तो वह आपके दोस्त देवेंद्र का था..."

" शायद, लावन्या की वजह से... दोनों दोस्त थी..."

" कमाल है करन साहब... लावन्या तो पिछले 1 महीने से देवेंद्र के साथ नहीं रह रही है... वह दोनों अब अलग-अलग रहते हैं, फिर मधुलिका जी ने बार-बार देवेंद्र को कॉल क्यों किया ? चलो, मान लेते हैं कि एक दो बार जब लावन्या जी का फोन नहीं लगा होगा तब उन्होंने देवेंद्र जी का नंबर मिला दिया होगा गलती से.. लेकिन इतनी गलती...? अब मेरा एक सवाल है... क्या आपको अपनी पत्नी और आपके दोस्त के बीच में क्या चल रहा था.. इसके बारे में कुछ पता था ? या कुछ पता है ?"

"यह आप क्या बात कर रहे हैं... मधु को आपने समझ क्या रखा है.. वह मेरी पत्नी है और... "गुस्से से कांपते हुए मैं चीखा

" कंट्रोल.. करन जी.. हम शांत हैं इसका मतलब यह नहीं कि शांत ही रहेंगे. द्विवेदी जी.. साहब के लिए एक और चाय मंगाओ... " मेरे कंधे पर हाथ रखते हुए इंस्पेक्टर माधुरे बोला

"मुझे नहीं पीनी कोई चाय..."

"अरे हम पी लेंगे... द्विवेदी जी, एक कप का आर्डर फिर मारो तो.. वह क्या है कि चाय पीने में कौनो नुकसान थोड़ी है... तो कहां थे हम.. हां ! क्या आपको मालूम था कि मधुलिका जी और देवेंद्र जी का अवैध संबंध था... और अबकी बार ठंडे दिमाग से जवाब दीजिएगा.. वरना कहीं हम गर्म हो गए तो... खैर कोई बात नहीं.. मुझे यकीन है कि हम जवाब देंगे"

" नहीं.. मुझे कोई जानकारी नहीं थी, और ना ही ऐसा कुछ उन दोनों के बीच था..."

" हमने मधुलिका जी के मोबाइल में, कॉल रिकॉर्डिंग चेक की..., जिससे पता चला कि आपके वाइफ का आपके करीबी मित्र देवेंद्र के साथ अवैध संबंध था. देवेंद्र अक्षर मधुलिका जी के मोबाइल में कॉल किया करता था. पर एक बार उसने आपके घर के टेलीफोन में भी कॉल किया था. पर आप उस वक्त अपने ऑफिस में थे.... " बोलते हुए माधुरी अचानक चुप हो गया और बाहर बैठे हवलदार को आवाज देकर कहा कि वह कॉल रिकॉर्डिंग वाले सारे टेप लेकर आए

मैंने मधु और देवेंद्र के बीच हुई बातचीत कि कई रिकॉर्डिंग सुनी.. जिससे यह साफ हो गया कि मधुलिका और देवेंद्र के बीच अफेयर था और देवेंद्र, मधुलिका को ब्लैकमेल कर रहा था की या तो

वह उसे दो करोड़ रुपए दे या फिर मुझे छोड़ दे उसके पास आ जाए.. माधुरे ने मुझे मधुलिका और देवेंद्र के बीच हुई बातचीत की आखिरी टेप भी सुनाया.. जिसमें मधुलिका, देवेंद्र से कहती है कि वह पहले देवेंद्र के घर जाएगी और फिर वहां से दोनों बैंक जाएंगे.. पुलिस स्टेशन में वह सभी रिकॉर्डिंग सुन कर मेरा दिल बैठ गया और रह रह कर मुझे मधुलिका से हुई मेरी झड़प याद आ रही थी.

"मैं देवेंद्र को छोड़ूंगा नहीं.... "रिकॉर्डिंग सुनने के बाद मैं गुस्से से काँप उठा

" देवेंद्र को मारने का मन कर रहा है ना, मेरा भी किया था. दरअसल, मैं तो उसके घर भी गया था... लेकिन फिर मुझे पता चला कि देवेंद्र तो खुद 17 सितंबर से लापता है..."

"देवेंद्र भी लापता है....? " मैं चौका...

"देवेंद्र भी उसी दिन से गायब है जिस दिन से आपकी पत्नी... है ना मजेदार.. मेरा मतलब आप समझ गए होंगे कि मैं क्या कहना चाह रहा हूं... आपकी पत्नी यानी की मधुलिका जी, उस दिन प्लान के मुताबिक देवेंद्र के यहां गई थी... लेकिन फिर उसके बाद दोनों मानो छूमंतर हो गए... ना तो वह दोनों बैंक गए और ना ही उन दोनों को उसके बाद किसी ने देखा... वैसे देवेंद्र से आपकी आखिरी बार बात कब हुई थी...?"

"ठीक से याद नहीं पर शायद 10-12 दिन पहले मेरी उससे बात हुई थी... वह मुझ से उधार मांग रहा था पर मैंने उसे मना कर दिया.. जिसके बाद हम दोनों की बहस भी हुई थी..."

" कैसे दोस्त हो आप, करन साहब... अपने दोस्त की मदद नहीं की... यदि आप मदद कर देते तो फिर वह मधुलिका जी को

परेशान नहीं करता और आज आपकी पत्नी आपके साथ होती. पर क्या मैं जान सकता हूं कि देवेंद्र ने कितने पैसे मांगे थे और आपने क्यों मना कर दिया... क्योंकि, दोस्तों को जरूरत के वक्त धोखा देने वाले इंसान तो नहीं लगते आप..."

" देवेंद्र मुझसे 50 लाख मांग रहा था. उसने मुझसे कहा कि अबकी बार शेयर मार्केट उसका है और बदले में वह मुझे 60 लाख रिटर्न करेगा..."

" फिर तो आपको दे देना चाहिए था.."

" यही बोल कर देवेंद्र पहले भी मुझसे ₹30 लाख ले चुका था... तो फिर मैं उसे और 50 लाख कैसे दे सकता था. यह जानते हुए भी कि वह वापस नहीं कर पाएगा.. बस इसीलिए मैंने उस दिन उसे मना कर दिया"

" बस इसीलिए...." अपनी आंखें छोटी करके मुझे घूरते हुए माधुरे माधुरे ने कहा.... "खैर अब आप जा सकते हैं.. या फिर कहे तो.. एक एक कप चाय हो जाए.. वो क्या है कि चाय पीने में कौनो नुकसान थोड़ी है..."

4:The Thief

कॉल रिकॉर्डिंग से यह बात साफ हो गई थी कि मधुलिका और देवेंद्र के बीच नाजायज संबंध थे और यही जवाब काफी है उन सारे सवालों के लिए जो मैं मधुलिका से पूछना चाहता था.. जबसे मधुलिका मेरी जिंदगी से गई है तब से मेरा दिमाग मुझे हर वक्त यही कहता रहता है कि मुझे उस दिन देवेंद्र की शादी की सालगिरह पर नहीं जाना चाहिए

था. लेकिन मधुलिका तो उस दिन पूरे समय मेरे साथ थी. फिर उसका टाका देवेंद्र से कैसे भिड़ा ? क्योंकि वह दोनों तो उस दिन से पहले दूसरे को जानते तक नहीं थे... याद आया, जब मैं कार से शराब लेने आया था.. तब लावण्या के कारण मुझे बहुत देर हो गई थी और जब मैं वापस आया तो.. देवेंद्र और मधु स्विमिंग पूल के पास नहीं थे. मैं शराब के नशे में बहुत धुत था, जिसकी वजह से मैं मनी सेविंग पुल के पास रखें लौंजर चेयर मैं थोड़ी देर के लिए लेट गया था... जिसके बाद मधुलिका नहीं मुझे उठाया...

" वूह... मैं सो गया था शायद... तुम दोनों कहां थे"

"पहले यह बता कि तू कहां था इतनी देर"

" कार का ट्रंक नहीं खुल रहा था..."

"और मैं मधुलिका भाभी को अपना घर दिखा रहा था..."

"अच्छा घर है तेरा... पर वह जो बेसमेंट है. वह दाग की तरह है.. उसे साफ क्यों नहीं करवाता तू.. ना जाने कितने जन्म से बंद पड़ा है... अबे बस कर, पागल है क्या.. इतना हार्ड पेग... थोड़ा और पानी डाल..."

उस दिन यदि मै देवेंद्र के घर नहीं गया होता तो शायद आज मधुलिका मेरे पास होती, क्योंकि यदि मैं ऐसा करता तो ना तो मधुलिका और देवेंद्र के पीछे अफेयर होता और ना ही देवेंद्र, मधुलिका को पैसों के लिए ब्लैकमेल करता और ना ही मधुलिका गायब होती और ना ही मधुलिका के गायब होने के 3 हफ्ते बाद मैं एक बार फिर से पुलिस स्टेशन में होता.. और ना ही इंस्पेक्टर माधुरे एक बार फिर मुझे चाय पीने का प्रस्ताव दे रहा होता....

"चाय लीजिएगा क्या करन साहब....? "मुझे चाय पीने का प्रस्ताव देते हुए माधुरे ने कहा, जिसे मैंने तुरंत खारिज कर दिया

"नहीं, मैंने अब चाय पीना बंद कर दिया है..."

"अरे वाह... स्वास्थ्य जागरूकता... लेकिन चाय पीने में कोनो नुकसान थोड़ी ही है... क्यों द्विवेदी जी..."

" हां साहब... कौनो नुकसान नहीं"

"आपने मुझे यहां क्यों बुलाया है... "सीधे पॉइंट पर आते हुए मैंने पूछा

" एक बंदा हमारे हाथ लगा है, लेकिन मैं उसे आपको मिलवाऊ.. उसके पहले जरा चाय शाय हो जाए.. आधे घंटे हो गए, मुझे चाय पिए हुए.. द्विवेदी जी, एक कप चाय भिजवाना तो..."

माधुरे पूरे 5 मिनट तक चाय की चुस्कियां मारते हुए मुझे उकसाता रहा और फिर कप नीचे रखकर रुमाल से अपना मुंह साफ करने के बाद मुझसे बोला

"भाई मजा आ गया... करन जी, एक फिल्म आई थी एक डेढ़ साल पहले.. उसका नाम था..गुड्डू की गन.. मतलब क्या कमाल कि गन थी उस गुड्डू के पास. उसी तरह अपने गुड्डू की चाय है, साला क्या बनाता है... कितना भी पियो मन ही नहीं भरता... खैर छोड़िए.. आप भी किन बातों में पड़ जाते हो.. मेरे साथ चलिए..."

माधुरे ने अंदर एक लॉकअप में 25-26 साल के एक लड़के को बंद करके रखा हुआ था जिसे दो तीन पुलिसवाले बुरी तरह पीट रहे थे. माधुरे न्यून पुलिस वालों को रोकने के लिए कहा और फिर अंदर जाकर उस लड़के के सर का बाल पकड़कर बोला..

"करन साहब... इनका नाम है पुदुर... है ना चुतिया नाम. पर यह अपने नाम से भी ज्यादा चुतिया है... इन महाशय को चोरी करने में बहुत मजा आता है.... बाल पकड़कर उसे ऊपर उठाते हुए माधुरे बोला... साले ने पूरे एरिया में आतंक मचा रखा है जब देखो तब किसी का मोबाइल पेल देता है तो किसी का पर्स...."

" मधुलिका का इससे... इस पुदुर.. जो भी इसका नाम है... इससे क्या लेना देना...?"

" लेना देना है ना... हम लोग मधुलिका जी का मोबाइल, IMEI नंबर शुरू से ट्रेस कर रहे थे. शुरु शुरु में तो हमें कोई सफलता नहीं मिलेगी लेकिन कुछ दिन पहले मधुलिका जी के मोबाइल को किसी दूसरी सिम से ऑन किया गया और तब जाकर यह पुदुर हमारे हाथ लगा..."

"मधुलिका का मोबाइल इसके पास मिला है ?"

" और नहीं तो क्या... और मजे की बात यह है कि यह हरामखोर देवेंद्र सक्सेना का नौकर है..." पुदुर को एक थप्पड़ मारते हुए माधुरे ने कहा. माधुरे के एक थप्पड़ में इतना दम था कि पुदुर वही नीचे जमीन पर लोट गया और माधुरे का पैर पकड़ कर रोने लगा.. लेकिन माधुरे नहीं रुका और उसे कुत्तों की तरह पीटने लगा...

" साला, मादर***.. हरामखोर... बोलता है कि मोबाइल गिरा हुआ पाया था... हरामी कही का.. द्विवेदी जी, पानी से नहलाओ इसे और मेरा डंडा दो मुझे, अभी इससे सच उगलवाता हु...."

मैं वहां से बाहर आ गया लेकिन उस लड़की की चीज मुझे लगातार सुनाई दे रही थी वह ठीक है मुझे बहुत देर तक सुनाई देती

नहीं और फिर जब वह चीखे शांत हुई तो पसीने से तरबतर अपना माथा पूछते हुए माधुरे बाहर मेरी तरफ आया....

"साला चोर कहीं का... मेरे बगल में बैठकर माधुरे बड़बडाया"

"मधुलिका के बारे में कुछ पता चला.."

"बोलता है कि इसे यह मोबाइल देवेंद्र ने दिया था... और बोला था कि मोहित एक ही ठिकाने लगा दे. लेकिन इस चूतिये ने मोबाइल की सिम तो फेंक दी लेकिन कुछ हफ्तों बाद नई सिम से मोबाइल ऑन कर लिया... पुलिस वालों को चुतिया समझ रखा है, इन सड़क छाप चोरों ने..". बोलते हुए माधुरे रुका.. और लंबी लंबी सांस लेने लगा और थोड़ी देर सुस्ताने के बाद वापस बोलना शुरू किया...

"देवेंद्र ने इसे मोबाइल के साथ ₹30000 भी दिए थे और इससे कहा था कि उसने यहां जो कुछ भी देखा है वह किसी को ना बताएं..."

" जो देखा है मतलब..? क्या देखा है ? उसने वहां.. क्या देखा था..? " किसी अनहोनी की आशंका से घबराते हुए मैंने माधुरे से पूछा..

" यह बोलता है कि जब वह दोपहर में देवेंद्र के यहां काम करने गया तो देवेंद्र अपने घर के पिछले वाले से ही सफाई कर रहा था.. और पूरे फ्लोर में खून था. देवेंद्र उसे देखकर शुरू में तो घबरा गया लेकिन फिर उसने मामला संभाला और पुदुर को मधुलिका जी के मोबाइल के साथ ₹30000 दिए. आप साथ चलो, देवेंद्र के घर की तलाशी लेनी है.. पर उसके पहले एक चाय.. गुड्डू की चाय... द्विवेदी जी, ऑर्डर पेलो तो एक चाय का...."

5: The Basement

पुलिस की एक पूरी टीम माधुरी के साथ देवेंद्र के बंगले पर पहुंची और उनके पीछे पीछे मैं भी कार से वहां पहुंचा मदुरै ने मार खा खा कर अधमरे हो चुके पुदुर का बाल पकड़ कर पुलिस जीप से उतारा और उसे उस जगह चलने के लिए कहा जहां बेसमेंट था. इंस्पेक्टर ने लावन्या को भी इन्फॉर्म कर दिया था और वह भी वहां पहुंच गई थी. पुदुर लंगड़ाते हुए, स्विमिंग पूल से होते हुए उस कमरे में पहुंचा जहां नीचे बेसमेंट बना हुआ था. बेसमेंट के दरवाजे पर कोई ताला नहीं लगा था और ना ही वह बाहर से बंद था.. वह तो सिर्फ ढका हुआ था और जैसे ही पुलिस वालों ने बेसमेंट का दरवाजा खोला एक बहुत तेज दुर्गंध पूरे वातावरण में फैल गई. वह दुर्गंध इतनी भयानक थी कि लावन्या वहीं उल्टी करने लगी... जिसे फिर कुछ पुलिस वाले वहां से दूर ले गए. पुलिस वाले मास्क लगाकर आगे बढ़े. इतनी तेज बदबू के कारण मेरी हिम्मत नहीं हुई कि मैं अंदर जाऊं और वैसे भी मुझे अब अंदाजा हो चला था कि अंदर क्या होगा और किस हालत में होगा.. इसलिए मैं आप ऊपर ही रहा और ऊपर ही रहता यदि मुझे माधुरे मैं नीचे आने के लिए ना कहा होता तो....

मैं अपने मुंह और नाक को रुमाल से ढक कर धीरे-धीरे सीढ़ियों के रास्ते बेसमेंट के अंदर गया वह बेसमेंट जितना बुरा था वहां का दृश्य उससे भी ज्यादा बुरा था. जमीन पर एक कोने में एक औरत की लाश थी. जिसके कपड़े मधुलिका के कपड़े जैसे थे... और उसके पास में उसका पर्स खुला हुआ पड़ा था... जिससे स्टेट बैंक की चेक बुक मुझे साफ दिख रही थी. मैं धीरे-धीरे उसकी तरफ बढ़ा, मधुलिका की गोरी त्वचा पूरी तरह नीली.. अबे कहीं की काली पड़ चुकी थी. उसका

मुंह हल्का खुला हुआ था और सर पर बहुत भयानक निशान थे.. जैसे किसी ने बहुत भारी चीज से उसके सर पर हमला किया हो और मैं जानता था कि यह किसने किया है. मधुलिका की यह हालत देखकर मैं वही उसके पास बेजुबान सा होकर बैठ गया

"दूसरी बॉडी ऊपर से उतारो... और एंबुलेंस को कॉल करो"

और साथ मेरी आस पास कोई चाय की दुकान हो तो उसे चाय लेकर आने के लिए कहो... इंस्पेक्टर माधुरे के यह सब मेरे कानों में पड़े लेकिन मेरा दिमाग जो सुन पाया.. जो समझ पाया, वह था...

" दूसरी बॉडी...?"

मैं पीछे पलटा और बेसमेंट के दूसरे हिस्से की तरफ देखा.. जहां माधुरे मास्क लगाए दो हवलदार के साथ खड़ा था. मैंने देखा कि वहां बेसमेंट की छत में लगे एक हुक से देवेंद्र की बॉडी लटकी हुई थी. और उसका पूरा शरीर भी मधुलिका के शरीर की तरह नीला पड़ चुका था. यहां तक कि उसके दांतो के बीच फंसी उसकी जीभ भी.

दोनों डेड बॉडी को पोस्टमार्टम के लिए भेज दिया गया. मैं और लावन्या बाहर गार्डन में खड़े होकर उसे एंबुलेंस को चाहता हुआ देख रहे थे कि तभी माधुरे हमारे पास आया और मुझसे बोला...

"करन साहब, आपके पुणे जाने के बाद मधुलिका जी, देवेंद्र जी के पास आई होंगी. उनके पास में आप दोनों के ज्वाइंट अकाउंट का चेक बुक और पासबुक था. हनी कि वह दोनों यहां से बैंक जाने वाले थे. लेकिन फिर किसी बात को लेकर उनके बीच झड़प हुई होगी और देवेंद्र ने मधुलिका का खून कर दिया. उसने मधुलिका की बॉडी बेसमेंट में छुपाई और जहां पर मारपीट हुई थी वहां की सफाई करते वक्त पुदुर वहां आ पहुंचा. जिसे देवेंद्र ने आनन-फानन में मधुलिका का मोबाइल

और ₹30000 देकर वहां से भेज दिया और फिर मधुलिका की बॉडी बेसमेंट में छुपाई और वही खुद को फांसी लगा ली... देवेंद्र की बॉडी में संघर्ष के फिलहाल तो कोई निशान नहीं मिले.. यानी इतने फांसी खुद लगाई थी. बाकी उनके किस बात पर बहस हुई और उनकी लड़ाई कैसे इतनी सीरियस हो गई यह शायद हमें कभी पता ना चले... मेरा तो यही मानना है, आपके दिल में कुछ और हो तो बोल दीजिए उसकी भी जांच कर लेंगे..."

"प्लीज, जाइए आप यहां से..."

"ओके, करन साहब... चलता हूं... द्विवेदी जी, वह चाय वाला कहां है.. अभी तक चाय व्हाय नहीं लाया"

_6:_The_Killer

पोस्टमार्टम रिपोर्ट में यह आया कि मधुलिका और देवेंद्र ने शराब पी रखी थी जिसके बाद इंस्पेक्टर माधुरे की मधुलिका और देवेंद्र के बीच हुई लड़ाई वाली परिकल्पना एकदम फिट बैठ गई की बैंक जाने से पहले दोनों ने शराब पी और फिर किसी बात पर दोनों की बहस ने सीरियस मोड़ ले लिया, जिसका नतीजा मधुलिका के मर्डर और देवेंद्र के सुसाइड के रूप में सामने आया. पर मेरी मानो तो.. इंस्पेक्टर माधुरे कि यह थ्योरी गलत थी और मैं ऐसा कह सकता हूं क्योंकि मेरे पास एक दूसरी थ्योरी है और जो सच भी है....

THE BLACK SWAN THEORY (Combination of unexpected events, impact and explainable ending)

मुझे मधुलिका और देवेंद्र के अफेयर के बारे में मालूम चला, मेरे घर के टेलीफोन में दोनों के बीच हुई बातचीत से.. यूं तो वह दोनों आपस में बात कर रहे थे और जब वो दोनों बात कर रहे थे तब मैं घर में रहता भी नहीं था पर उन दोनों को यह नहीं पता था कि मेरे घर के टेलीफोन से होने वाली हर बातचीत में रिकॉर्ड करता हूं...

एसबीआई बैंक का ब्रांच मैनेजर या फिर कहेगी मेरा बहुत अच्छा दोस्त.. अजय.. जो की शुरुआत में मेरे कहने पर मेरे घर मधुलिका को ढूंढने गया था.. उसने मुझे वह तारीख बताई, जिस दिन मधुलिका बैंक से पैसे निकालने वाली थी और मैंने उसी दिन दोपहर 1:00 बजे पुणे के लिए फ्लाइट बुक की. लेकिन मैं घर से 10:00 बजे ही निकल गया और देवेंद्र के घर पहुंचा.

बेशुमार कर्ज में डूबा मेरा दोस्त देवेंद्र, जिसे मैंने 50 लाख देने का वादा किया और फिर उसे बेहिसाब शराब पिलाया. जिसके बाद मुझे उसे बेसमेंट में ले जाकर बेसमेंट की छत से लटकन में कोई खास दिक्कत नहीं हुई और फिर मैंने इंतजार किया अगले 1 घंटे तक अपनी जान से प्यारी बीवी का... जिसकी मैं जान लेने वाला था. मुझे अभी याद है की कैसे वह मुझे देवेंद्र के घर में देखकर वह बुरी तरह चौक गई थी. उसने वहां से भागने की भी कोशिश की... लेकिन मैंने उसे पकड़कर शराब की बोतल जबरदस्ती उसके मुंह मे ठेली और फिर उसका सर फ्लोर से पटक पटक कर उसे मार दिया....

लालच और गरीबी से मार खाया हुआ देवेंद्र का नौकर, पुदुर... जो उस वक्त वहां आ जाता है जब मैं फ्लोर से मधुलिका का खून साफ कर रहा होता हूं. उसे नाराज देना 20 लाख का, जिसके बदले में उसे सिर्फ दो-तीन साल जेल की हवा खानी थी... जो ना तो उसके लिए बुरा सौदा था और ना ही मेरे लिए. मैंने उसे वह कहानी बताई जो उसे पुलिस

के सामने बतानी थी. और फिर सिम निकाल कर मधुलिका का मोबाइल उसे दे दिया, यह बोलकर कि वह इसे 3 हफ्ते बाद चालू करें. इसके बाद में 12:00 बजे तक एयरपोर्ट पहुंचा और फ्लाइट पकड़कर पुणे रवाना हो गया.. जहां से मैंने मधुलिका को दो-तीन कॉल किए और फिर 3 दिन बाद आकर पुलिस ने रिपोर्ट दर्ज कराई कि मेरी जान से प्यारी बीवी मधुलिका गुमशुदा है......

पर मेरी यह चालाकी, मेरी यह बेरहमी.. बात को बदल नहीं सकती कि मुझे मत लिखा कि मरने का बहुत अफसोस है. मैं उसे मारना नहीं चाहता था. पर मैं उसे खोना भी नहीं चाहता था और ना ही डिवोर्स के बाद जी जान से कमाए हुए अपने रुपयों को. यह सब कुछ THE BLACK SWAN THEORY के अंदर हुआ था. जिसमें मधुलिका का गुम हो जाना, outside expectation था. पुदुर का पकड़े जाना और उसकी झूठी कहानी ने इसे powerful impact दीया और फिर बेसमेंट के दृश्य ने इसे unexpected but explainable ending के साथ खत्म कर दिया था.

मैंने अपना मोबाइल उठाया और लावन्या को आज रात डिनर के लिए बुलाया. जिसे लावन्या ने स्वीकार कर लिया. हम वह आखिरी ऐसी शख्स थी. जो मुझे परेशानी में डाल सकती थी. आज रात को डिनर के बाद लावन्या डार्लिंग को भी सही से ठिकाने लगाने वाला **था...**

******T H E　　E N D******

Story 5

A DEAD DREAM

This story is a scene from my most popular novel 8th Semester ! with some editing.

कभी-कभी एक बुरा ख्वाब है बुरी हकीकत बन कर सामने आता है, वह इतना बुरा और भयावह होता है कि हमारी जिंदगी कि समझ और परख करने की सभी क्षमताओं को, तोड़कर चकनाचूर कर देता है. उस दिन मैंने सोचा तक नहीं था कि आज मुझे इतना बुरा सपना आएगा, जो

सुबह होते ही सच की चादर लपेट लेगा.. यह ख्वाब जो रात को मैं देखने वाला था या जो भी सपना मैंने उस रात देखा... वह मेरे लिए बहुत खास होने के साथ-साथ बहुत डरावना भी था, या होने वाला था. वह बुरा ख्वाब खास इसलिए था क्योंकि सुबह होते ही वह सच हो गया, और डरावना इसलिए क्योंकि मैं इसमें शामिल था....

उस उस समय मैं 12th क्लास में था और घर से दूर भोपाल में एक बॉयज स्कूल में अपनी पढ़ाई कर रहा था. स्कूल, हॉस्टल की सुविधा भी देती थी.. इसलिए वहां पढ़ने वाले अधिकतर छात्र हॉस्टल में ही रहते थे. हमारी दिनचर्या काफी थका देने वाली होती थी... सुबह 5:00 बजे से उठने के बाद, सीधे रात के 9:10 बजे ही फ्री होते थे. और थकान भरे दिनचर्या के कारण जब रात में सोने जाते... तो सोते वक्त यह सोचते कि.. यार सपने में कैटरीना कैफ आ जाए, या फिर प्रियंका चोपड़ा.. या फिर एंजलीना.. या फिर कोई मालदार हसीना... इनके साथ मैं रात भर सपने में मस्ती करूं.

उस रात भी मैं यही सोच कर तो रहा था कि आज कोई हसीना सपने में आएगी लेकिन वैसा कुछ भी नहीं हुआ क्योंकि वैसा कुछ होना ही नहीं था... मैंने सपने में एक मौत देखी, विनोद मैं जिस हॉस्टल में रहता था उसी में हुई थी.. मरने वाला और कोई नहीं बल्कि मेरा एक दोस्त जिस करूं नीचे वाले फ्लोर पर था.. वह हॉस्टल के बाथरूम में छत से लगे हैं एक हुक से लटका हुआ था. सपने में मैं वहां सुबह उठकर हाथ मुंह धोने गया था. लेकिन जैसे ही बाथरूम का दरवाज़ा खोला तो मेरा वह दोस्त ऊपर छत की हक से लटका हुआ था...

मैं तुरंत बुरी तरह चीखा और मेरी आंख खुल गई... मैंने खुद को पसीने से पूरा भीगा हुआ बिस्तर पर पाया. जल्दी से उठा और समय देखा.. शाम के 6:00 बज रहे थे...

" यह कैसे मुमकिन है…? मैं कल रात से आज शाम तक सोता रहा…? इतनी देर तक…? " जब मैंने समय देखा तो मेरी पहली प्रतिक्रिया यही थी….

अब जब सो कर उठा ही था तो बाथरूम तो जाना ही था, मैं तुरंत बाथरूम की तरफ डरते हुए चल पड़ा, क्योंकि मुझे अपना

सपना अभी भी याद था.. इसलिए मैंने पहले धीरे से बाथरूम का दरवाजा खोला और उस तरफ देखा जहां सपने में मेरा दोस्त लटका हुआ था. जान में जान आई, देख कर कि वहां सपने जैसा कुछ भी नहीं था… सब कुछ बिल्कुल ठीक था. मैंने एक लंबी और भारी सांस ली और वहां से अपना चेहरा धोकर रूम की तरह वापस चला…

इतनी देर में जो एक बात मेरे दिमाग में खटके थी वह यह कि इस वक्त उस पूरे हॉस्टल में एक भी हलचल नहीं थी.. जब मैं रूम से बाथरूम की तरफ आया… तब भी कोई नहीं दिखा था, और अब जब बाथरूम से रूम की तरफ जा रहा था.. तभी पूरा माहौल शांत था. जबकि, एक हॉस्टल में इतनी शांति कभी नहीं होती.. बॉयज हॉस्टल में तो बिल्कुल भी नहीं. दिन भर किसी की लड़ाई झगड़े की, गाली गलौज की आवाज ना सुनाई दे तो.. हॉस्टल.. हॉस्टल जैसा लगता ही नहीं. मैं हॉस्टल के खुले हुए कमरों के अंदर झाकते हुए आगे बढ़ रहा था… माना कि हॉस्टल में लड़के साफ-सफाई बिल्कुल नहीं रखते.. सारी चीजें इधर-उधर अस्त व्यस्त रहती हैं… लेकिन फिर भी, हॉस्टल का हर एक रूम बिल्कुल ऐसा लग रहा था जैसे कई सालों से यहां कोई नहीं आया हो…

" सब खाना खाने, भोजनालय गए होंगे…" अपने रूम की तरफ बढ़ते हुए मैंने खुद से कहा और तैयार होकर भोजनालय की तरफ पैदल ही निकल पड़ा.. लेकिन एक बात अब भी मेरे अंदर खटक रही

थी, वह यह की मैं लगातार 20 घंटे कैसे सो गया और वो सपना.. साला बहुत ही बुरा सपना था और सारे लौंडे आज एक ही वक्त पर कहां गायब हो गए...?

ऐसे कई खयालात बनते हुए मै भोजनालय में घुसा, वहां किसी जानवर के झुंड की तरह आवाज आ रही थी... ऐसा लग रहा था जैसे इंसान नहीं बल्कि कोई जानवर का झुंड खाना खा रहा हूं, मतलब इतनी लड़ाई और शोर-शराबा वहां हो रहा था... खैर मैंने भी एक प्लेट उठाया और लबालब प्लेट भरकर उन जानवरों में शामिल हो गया... जब मैं वहां एक टेबल पर बैठकर खाना शुरू किया था, तब वहां बहुत सारे लोग थे, कुछ देर तक क्या हुआ मुझे कुछ पता नहीं चला.. ना मैंने किसी से बात की और ना ही किसी और ने मुझसे बात की.. मैं सिर्फ अपनी थाली का खाना खत्म करने में जी-जान से तुला हुआ था. उसी बीच मैंने एक नजर उठाकर सामने देखा और दंग रह गया.. सब वहां से एकाएक गायब हो गए थे.. वहा ना तो कोई टेबल पर बैठ कर अपना पेट भर रहा था और ना ही वहां भोजनालय में कोई काम करने वाला था.. सब अचानक से पता नहीं कहां छूमंतर हो गए थे...

"BC, यह क्या हो रहा है..."थाली पर नजर डालते हुए मैंने कहा मेरी प्लेट में इस वक्त ना जाने पानी कहां से भर गया था, चावल दाल के दाने मेरे थाली में भरे पानी में ऊपर तैर रहे थे..

मैंने एक दो बार वहां काम करने वालों को आवाज दी. लेकिन जब कोई नहीं आया तो मैंने प्लेट गुस्से से जमीन में पटका और वहां से बाहर आने के लिए अपनी जगह से उठा. मैं गुस्से में, बाहर की तरफ बढ़ ही रहा था कि मेरी नजर जमीन में बैठे एक लड़के पर पड़ी.. उस लड़के की उम्र मेरी जितनी ही रही होगी, मैंने ऐसा अंदाजा लगाया.. उसका चेहरा शुरू में साफ नहीं दिखाई दिया लेकिन जब मैं वहां वही

खड़ा होकर उसे देखता रहा.. कि वह कौन है धीरे-धीरे उसका चेहरा साफ होता गया.. उस वक्त वहां नीचे बैठा हुआ लड़का और कोई नहीं बल्कि मेरा वही दोस्त था, जिसने सपने में खुद की जान दी थी. वह इस वक्त जमीन में इधर-उधर बिखरे हुए दानों को इकट्ठा कर रहा था.

"क्यों बे, मिर्गी मार गई है क्या जो ऐसी हरकतें कर रहा है"

उसने मेरी बातों का कोई जवाब नहीं दिया बल्कि वह और भी तेजी से वहां गिरे हुए दानों को समेटने लगा.. जैसे वह कोई हीरे के दाने हो.जब उसने मुझसे बात नहीं की तो मैंने उसे गालियां बकी और वहां से आगे बढ़ा... अभी मैं दो चार कदम ही चल पाया था कि मेरे पैर जमीन से चिपक गए.. मेरे लाख कोशिशों के बावजूद और अपनी पूरी ताकत लगाने के बाद भी मैं एक कदम आगे नहीं बढ़ पा रहा था.. और इसी वक्त मेरे सर में एक तेज दर्द शुरू हो गया.. वो दर्द ऐसा था कि जैसे किसी ने लोहे की रॉड लेकर अपनी पूरी ताकत से मेरे सर पर दे मारा हो.. मैं आंखें बंद करके अपने दोनों हाथों से खुद के सर को पकड़ा और दर्द के मारे चीख पड़ा. लेकिन मेरी उस चीज को सुनने वाला वहां कोई नहीं था सिवाय मेरे उस दोस्त के.. मैंने चिल्लाते हुए उसका नाम लिया...

" चिल्लाता क्यों है बे... आ बैठ इधर... " वह बोला

मेरी नजर उस पर जैसे ही पड़ी तू मेरी है दोनों आंखें मानो बाहर निकल आई हो.. पूरा गला सूख गया. क्योंकि इस वक्त मेरे उस दोस्त के सर के बाल लड़कियों की तरह एकदम अचानक से लंबे हो गए थे.. उसके बाल गीले भी थे और फर्श पर लोट रहे थे... उसकी दोनों आंखें सुर्ख लाल थी.

" मुकेश...?" उसको देख कर हकलाते हुए मैंने उसका नाम लिया

अपना एक पल के लिए मुझे देखा लेकिन अगले ही पल वह फिर से जमीन में खाने के दानों को समझने लगा, और मैं उसे ऐसा करते हुए सिर्फ देखता रहा...

मेरी समझ में इस वक्त कुछ भी नहीं आ रहा था कि क्या हो रहा है... जहां कुछ देर पहले यहां इतने लोग थे वह एक पल में अचानक से चले कहां गए मेरी प्लेट में अचानक से पानी कैसे भर गया.. सबसे बड़ी चौंकाने वाली बात तो यह थी कि मैं इस वक्त यहां जमीन पर क्यों पड़ा हूं और मुकेश ऐसे बर्ताव क्यों कर रहा है.. क्या कोई मेरे साथ बुरा मजाक कर रहा है ? या सच में ऐसा हो रहा है ?

ना.. यह पक्का किसी का बहुत ही बड़ा मजा कर वरना मुकेश के बाल इतने जल्दी कैसे बढ़ जाते हैं और उसकी आंखें लाल नहीं होती.. मैंने कुछ बोलना चाहा मुकेश को आवाज देनी चाहिए लेकिन आवाज जैसे गले से बाहर ही नहीं आ रही थी.. मेरा मुंह खुलता और बंद हो जाता है.. लगभग आधे घंटे तक वहां जमीन पर पड़ा कुछ बोलने की कोशिश करता रहा और मुकेश वहां आसपास बिखरे हुए दानों को समेटता रहा और जब उसने वहां बिखरे सभी दानों को समेट लिया तो आपने हाथों से उन दानों को उठा कर मेरे पास आया.., उसके लंबे बाल उसके खड़े होने के बावजूद फर्श से टकरा रहे थे।

"आज का खाना बहुत गिला गिला है, दाल चावल के दाने पानी में उतर आए हैं इसलिए मैं जमीन में पड़े दानों को समेट कर खा रहा हूं तू भी खाएगा...?"

मैंने तुरंत ना.... ना में गर्दन हिला दी जिससे वह गुस्सा हो गया और मेरे पास आते हुए वह बोला..

" मैं तो मर चुका हूं तूने तो खुद मुझे सपने में फांसी लगाते हुए देखा, मेरी जुबान बाहर आ गई थी और आंखें सफेद होते हुए तूने खुद देखा है... मजा आया था ना देख कर..."

उसने एक मुट्ठी भर उन दानों को फिर से नीचे से उठाया और खाते हुए बोला...

" बोल.. बोल.. तूने देखा है ना मुझे मरते हुए..?"

मेरी फट के चार हो गई.... इतना जिंदगी में मैं कभी नहीं डरा था. उस वक्त मुझे उस स्थिति से निकालने के लिए यदि कोई मेरी मार भी ले.. तो वह प्रस्ताव भी मुझे स्वीकार होता मैं बस वहां से जल्द से जल्द निकलना चाहता था.. वह भी जिंदा... मेरी हालत बहुत खराब थी. मैं बेजान सा नीचे फर्श पर पड़ा हुआ, मुकेश को देखता रहा. मैंने अपने हाथ पैर भी पटके.. लेकिन इसका कोई फायदा नहीं हुआ.. मैं मानो वहां पर फर्श से चिपक कर रह गया था, मेरे हाथ पर हिल तक नहीं रहे थे.

. और फिर मेरी आंख खुल गई. सपने में हाथ पैर हिलाने की कोशिश में, हकीकत में मैंने एक लाख में दीवार पर दे मारी थी.. मेरा घुटना सीधी दीवार से टकराया था जिस का दर्द अब भी मेरे घुटने में था. मैं तुरंत उठ कर बैठा और सोचने लगा की आखिरी हो क्या रहा है.. हो क्या रहा था. और थोड़ी देर बाद मैं जब नॉर्मल हुआ तो मुझे समझ आया कि मैं सपने के अंदर सपना देख रहा था.

"बड़ा भयंकर सपना था यार... पूरी तरह से फट गई, थोड़ी देर और वहां रहता है तो.. बिस्तर भी गीला हो जाता..." लंबी सांस लेकर बाहर छोड़ते हुए मैंने खुद को रिलैक्स किया...

मैं अभी रिलैक्स हो ही रहा था कि,, किसी के चीखने की आवाज मेरे कानों में पड़ी. आवाज, जिस तरह हॉस्टल में बाथरूम था

उस तरफ से आए थे.. इसलिए मेरी रूह खौफ के कारण फिर कांपने लगी. मैंने गाड़ी में टाइम देखा, सुबह के 9:00 बज रहे थे मैं सपने की तरह हकीकत में भी डरते हुए बाथरूम की तरफ बढ़ा... पूरे रास्ते मैं यही दुआ करता रहा कि वैसा कुछ भी ना हुआ हो जैसा सपने में मैंने देखा था.. लेकिन हुआ वही जो मैं नहीं चाहता था, हुआ वही जो मैंने सपने में देखा था.. मैं डर के कारण बाथरूम के अंदर तक नहीं गया.. लेकिन कुछ दोस्तों ने, जो अंदर गए थे उन्होंने बताया कि मुकेश.. बाथरूम के छत में लगे हुक से लटक कर अपनी जान दे दी है. एक बार फिर से, मुझे सपने में मेरे साथ घटित हुई सारी घटनाएं मेरे दिमाग में चलने लगी. मैं अजीबो गरीब बर्ताव करने लगा, जिस पर मेरे दोस्तो ने सोचा कि मुकेश की मौत के कारण मैं ऐसा बर्ताव कर रहा हूं.. लेकिन यह सच नहीं था, बिल्कुल भी नहीं था.. मुकेश तो मेरा कोई खास दोस्त भी नहीं था और हाल ही के दिनों में मेरी उससे लड़ाई भी हुई थी.. सच तो कुछ और था. मुकेश के शरीर को उतार कर घर भेज दिया गया और सब आपस में बात करने लगे कि मुकेश में ऐसा क्यों किया होगा.? उसी आत्महत्या के पीछे का राज क्या था, यह किसी को नहीं पता था, और शायद ही किसी को पता चले... ना तो उसके खास दोस्तों को कुछ पता था और ना ही उसके मां-बाप को इस बात की कोई खबर थी कि उनके इकलौते बेटे ने आखिर ये क्यों किया... और ना ही, स्कूल के टीचर या फिर पुलिस के हाथ कुछ लगा.

जैसे जैसे दिन ढल रहा था एक अजीब सा ख्वाब मेरे अंदर अपना डेरा जमाने लगा था.. मैं उस दिन बहुत डर चुका था और चाहत था कि आज रात ही ना हो.. आज क्या बल्कि किसी दिन भी रात ही ना हो.. मां से दूर भाग जाना चाहता था कहीं भी दुनिया के किसी भी कोने में... लेकिन मैं ऐसा नहीं कर सकता था और ना ही मैंने ऐसा कुछ किया. मैं वही हॉस्टल में रुका. किसी एक के चले जाने से किसी को कोई खास

फर्क नहीं पड़ता हॉस्टल में रहने वाले लड़कों को भी नहीं पड़ा.. शाम होते तक सब उस रंग में लौट आए जिस रंग में अपनी जिंदगी जीते थे. जो शाम को 7:00 बजे तक कुछ नहीं हुआ तो मैं फिर से थोड़ा रिलैक्स हो गया और सोचा कि मेरे उस सपने का ताल्लुक बस यही तक था. मैंने सपने वाली बात किसी को नहीं बताई थी. और आप मेरे दिल की धड़कन ए शांत होने लगी थी. मेरे दिल की धड़कनों को दोबारा बढ़ाते हुए मेरे दोस्त ने जो कि अभी अभी भोजनालय से आया था.. वह बोला...

" साला आज का खाना बिल्कुल गिला गिला था, दाल चावल के दाने प्लेट में ऊपर तैर रहे थे., और भोजनालय में भिखारी कब से आने लगे... "इतना सुनकर ही मेरा कलेजा मेरे मुंह को आ गया.. लेकिन फिर उसने मेरे कलेजे को भी चीरते हुए आगे बोला...

"एक लड़का जिसके बाल लड़कियों की तरह लंबे और गीले थे, वह साला जमीन में गिरे हुए दानों को बटोर रहा था... उसका चेहरा देखा नहीं, पर कपड़े उसके जाने पहचाने लग रहे थे..."

मेरी हालत उस वक्त ऐसी थी कि मैं अपने दिल की हर एक धड़कनों को साफ-साफ सुन सकता था मैंने उस पल अपने बुरे ख्वाब को हकीकत की काली चादर पहन कर.. सच का रूप लेते हुए देखा., उसके दो-तीन दिन बाद तक मेरी हालत बद से बदतर रही.. अक्सर रातों को मेरी नींद खुल जाती थी और मुझे लगता कि मुकेश दरवाजे में खड़ा है और मुझे पुकार रहा है.. कई बार तो वह मुझे मेरे रूम के पंखे से लटका हुआ दिखाई देता.

जैसे जैसे समय बितता गया सब कुछ नॉर्मल होता गया, अब मैं रात को बेफिक्र खरटि मार कर सोता हूं, अब मुझे मुकेश की कोई झलक नहीं दिखाई देती है.. लेकिन फिर भी एक सवाल, आज तक मेरी

जान मैं चुप रहा है कि.. क्या मुकेश उस दिन सच में भोजनालय में मौजूद था ?

क्या वह लंबे लंबे बालों वाला लड़का जिसे मेरा दोस्त भिखारी कह रहा था, वह मुकेश था?

क्या वहां मेरा इंतजार कर रहा था...?

******T H E   E N D******

Story 6

YEH LAAL RANG !

"यह लाल रंग कब मुझे छोड़ेगा, मेरा गम कब तलक मेरा दिल तोड़ेगा...."

किशोर दा की आवाज में परफॉर्म करते काका का जब भी मैं यह गीत सुनता हूं शराब पीने की तलब खुद-ब-खुद मेरे अंदर जाग जाती है, पता नहीं कैसा जादू है जिस गाने में जो मैं खुद को रोक ही नहीं पाता और आज भी वही हो रहा था जो अक्सर होता था मैं अपने बड़े से घर में शराब की बोतले खाली करने में तुला हुआ था और हमेशा की तरह मेरा दोस्त शिवराज हॉलीवुड की रोकने की कोशिश कर रहा था, मैं जब भी शराब का प्याला अपने हाथ में लेता हूं तो चियर्स करने के लिए हमेशा अपने दोस्त शिवराज को बुला लिया करता हु.

"Ahhhhhhhhhh..... साला कड़वा... है "ग्लास टेबल पर रखकर शिवराज बोला..." सरकार यह गाना सीधे लेफ्ट साइड में धड़क रहे दिल में लगता है"

"संभल कर, कहीं तेरे लेफ्ट साइड में धड़क रहे दिल को चीर कर लाल रंग ना निकाल दे"

"अरे सरकार कब से इस फिराक में हूं कि इस धड़क रहे दिल को कोई हसीना मिल जाए लेकिन किस्मत ही खराब है"

"क्यों....तेरी उस फेसबुक वाली आइटम का क्या हुआ"

" मत पूछो सरकार"

"अबे बता... "दोनों के लिए एक और पेग बनाते हुए मैंने पूछा

" गया था उससे मिलने"

"तो तु मिल भी आया उससे... "बीच में रोककर मैं बोला "फिर क्यों रो रहा है"

" अरे सरकार, पूरी बात तो सुनो..." शिवराज ने गिलास उठाया और एक सांस में ही पूरा पीकर बोला..." लड़का निकली सरकार.."

"ओ तेरी.. हा हा हा"

" क्या करें सरकार.. इस गरीब के दिन ही नहीं खिलते.. 3 महीने से ना तो सैलरी मिली है और ना ही कोई लड़की"

मुझे उस रात पूरे समय शिवराज के साथ बैठकर गप्पे मारने चाहिए थे लेकिन पता नहीं उस मनहूस गाड़ी में मुझे वह पल कैसे याद आ गया जो हाल ही के कुछ दिनों पहले का था...

"चल.. पाप के घर चलते है..... "गिलास को टेबल में रखकर सिगरेट के पैकेट ढूंढते हुए मैंने कहा

"पाप का घर ?"

" Bar of SIN..."

" Bar of SIN... "शिवराज थोड़ा चौका... मेरे इस विचार से

"उस साले खुराना के लौंडे को सबक सिखाना है, उस दिन एक गेम कह दिया खुद को शेर और मुझे गीदड़ कहता फिर रहा है"

"अभी नहीं कभी और चलेंगे"

शिवराज जानता था कि मैं नशे में हूं, मुझमें ठीक से खड़े रहने की भी क्षमता नहीं है.. लेकिन जिसका दोस्त शिवराज हो उसे इन सब की परवाह भला क्यों हो...

" अबे चल, वरना मै अकेले जाऊंगा "

" ठीक है चलता हूं"

हम दोनों मेरे घर से Bar of SIN के लिए निकले, मैं अच्छा खासा रहीस था और इसीलिए मुझे जब भी जो करने का मूड करता मैं वह करता, कोई रोक-टोक मुझे पसंद नहीं थी. लेकिन उस दिन मुझे शिवराज की बात मान लेनी चाहिए थी लेकिन मैंने वैसा कुछ भी नहीं किया और अपनी कार से शिवराज के साथ Bar of SIN के लिए निकल पड़ा..

Bar of SIN, शहर में शराब के आदी रईसों की सबसे पसंदीदा जगहों में से एक थी, अक्सर शाम ढलते ही यहां बड़े घरों में रहने वाले लोग जमा होने लगते थे. बड़ा से बड़ा राजनीतिक, बड़ा से बड़ा समाज सेवक या फिर फिल्मी हस्तियां.. सभी का यहां जमावड़ा होता था जो दिन में कुछ और होने का ढोंग करते थे तो नहीं रात को bar of sin पोल पकड़कर नाचती हुई लड़कियों पर दोनों हाथों से पैसे लुटाते थे. मैं खुद भी ऐसा करता था इसलिए मुझे इतना बुरा नहीं लगता था यह... शिवराज, मेरे कॉलेज के दिनों का ठरकी दोस्त था. मुसीबत सिर्फ चार चीजें पसंद थी.. पहला शराब, दूसरा पैसा, तीसरी लड़की और आखरी में ले देकर मेरा नंबर भी लग ही जाता था.

"सरकार में एक बार फिर बोलता हूं वापस चलकर और ठंडी सड़क वाली लड़की के पास चलकर मजे करते हैं, यह बार-वार में कुछ नहीं रखा.. "कार से बाहर आकर उसने कहां

हम दोनों bar of sin, पहुंच चुके थे और शिवराज माली वापस चलने के लिए फिर से बोला लेकिन मैंने उसके बाद फिर भी नहीं मानी और उसे जबरदस्ती घसीट कर बार के अंदर ले गया... मुझे मालूम था कि खुराना कल आऊंगा आज कहां बैठेगा इसलिए मैं बार में घुसकर सीधे उसी तरह गया... शिवराज अब थोड़ा डरने लगा था मुझे मालूम था

कि मैं लाल रंग की शराब में मदहोश हूं और मुझे होश भी नहीं है, ऊपर से मैं उस तरफ जा रहा था जहां मेरा दुश्मन बैठा हुआ था...

खुराना इंडस्ट्रीज, शायद इस शहर में कोई ऐसा होगा जिसे यह नाम ना मालूम हो खुराना मेरा बिजनेस प्रतिद्वंद्दी था. और कुछ दिन पहले उसके बेटे के द्वारा ताश के पत्तों में मिली हार ने मेरे सीने में गोली दाग दी थी. मैं किसी भी सूरत में बर्दाश्त नहीं कर पा रहा था कि मैं खुराना से हार गया. कुछ लोग जो अक्सर जले पर नमक छिड़कने में तुले होते हैं वह यह भी कहने लगे थे कि मैं हर मामले में खुराना से पीछे हूं... मैं सब समझता था, लोगों को समझता था, उनकी आदतों को समझता था. लेकिन फिर भी मैं आज वहां था.. जहां खुराना का लौंडा, खुराना जूनियर बैठा हुआ था.

"एक गेम हो जाए.."खुराना जिस टेबल पर बैठा हुआ था वहां जाकर मैं बोला.. शिवराज अभी मेरे साथ खड़ा था

"क्यों आज फिर अपना मुंह काला करवाने का विचार है क्या...? "लाल रंग से भरी शराब का ग्लास उठाकर वह बोला.." चल बेटा, आज फिर कंगाल करके भेजूंगा"

शिवराज ने एक बार फिर वापस चलने का इशारा किया लेकिन मैंने अपनी आंखें बड़े-बड़े कर के गुस्से से देखते हुए उसे वहीं अपने साथ बैठने के लिए कहा.. और वह बैठ गया

" चल बांट पत्ते..". खुराना को मैंने गेम शुरू करने के लिए कहां

वह ताश के पत्तों का खेल, जैसे जिंदगी का अखाड़ा बन गया था उस वक्त जहां मैं और खुराना लड़ रहे थे और बहुत से लोगों की

भीड़ उस अखाड़े के चारों तरफ खड़े होकर मजा ले रही थी. लेकिन उस भीड़ में कोई ऐसा भी था जो दिल ही दिल में चाह रहा था कि मैं वह अखाड़ा छोड़कर भाग जाऊं उस भीड़ में कोई ऐसा भी था जो यह चाह रहा था कि मैं सही सलामत रहो और यह चाहने वाला कोई और नहीं, बल्कि मेरा दोस्त, मेरा भाई शिवराज था. जिसकी हर कही हुई बात को मैं अनसुना कर रहा था.

"सरकार गेम छोड़ो और चलते हैं... "मेरा हाथ पकड़ कर शिवराज बोला

मैं मैं अब तक एक बार हार चुका था और ताश के खेल के साथ मैंने अपना होश भी खो दिया था... सोचने समझने की कोई ताकत नहीं बची थी उस वक्त ना तो मुझे शिवराज देख रहा था और ना ही वहां बैठे लोग मुझे दिख रहा था जिसे तो सिर्फ खुराना और उसके सामने टेबल पर रखी लाल रंग की शराब...

"और माल है या खेल यही खत्म करें...". मेरा मजाक उड़ाते हुए खुराना बोला

मैं फिर आज हार गया था वहां का माहौल धुंधला धुंधला दिख रहा था... खुराना ने मेरा मज़ाक बनाया और बोला कि "तुम जैसे भिखारियों की क्या मजाल जो हम खुराना से पंगा ले... फिर चाहे वह धंधे की बात हो, या यहां ताश के पत्तों की बात हो."

" बस बहुत हुआ... "

मैं तुरंत खड़ा हुआ और अपने जेब से रिवाल्वर निकालकर खुराना पर तान दी कुछ देर पहले जो हंस हंस कर डींगे मार रहा था उसकी हसीं अब बंद हो चुकी थी कि तभी किसी ने मुझे धक्का दिया, कोई मेरे हाथ से रिवाल्वर छीन रहा था लेकिन मैंने नशे की हालत में भी

खुराना को निशाना बनाकर एक के बाद एक कई गोलियां चलाई और तब तक गोलियां उसके सीने में उतारता रहा जब तक की रिवाल्वर खाली नहीं हो गई.. उसके सीने से लाल रंग निकाल रहा था.. उसके बाद मुझे सिर्फ इतना याद रहा कि मुझे कई लोगों ने मारा और मेरी आंखें बंद हो गई...

दूसरे दिन जब मेरी आंख खुली तो मैं हॉस्पिटल में था मुझे होश में आता देख एक नर्स वहां से भाग कर बाहर गई. उसके तुरंत बाद वहां एक डॉक्टर और एक पुलिस वाला आया. डॉक्टर को तो मैं नहीं जानता था लेकिन जो पुलिस वाला डॉक्टर के साथ आया था उसे मैं अच्छी तरह से जानता था.

" मैं इनसे अकेले में बात करना चाहता हूं..." उस पुलिस वाले ने डॉक्टर से कहा

" ओके"

डॉक्टर के जाने के बाद मैं तुरंत बोल पड़ा... "जितना पैसा लगेगा मैं दूंगा बस खुराना के खून का इल्जाम मेरे सर पर नहीं आना चाहिए मैं उस वक्त होश में नहीं था यार... प्लीज इस केस को देख ले..."

" खुराना जिंदा है"

" क्या..." मैं खुशी से चाहूंगा लेकिन अगले ही पल उसने वह कहा जिसे सुनकर मुझे ऐसा लगा जैसे कि किसी ने एक गर्म सरिया मेरे सीने के आर पार कर दिया हो....

" कल रात तूने खुराना पर नहीं है शिवराज पर गोली चलाई थी.. वह ऑन द स्पॉट मर गया..."

मेरे जिसमें बेहतर लाल रंग जैसे सूख गया हो अब ना तो मुझे किशोर दा का यह लाल रंग वाला गीत याद आ रहा था और ना ही कांच के गिलास में कैद लाल शराब... पूरे जहान था तो सिर्फ मेरे दोस्त शिवराज के जिस्म का लाल रंग जो मैंने अपने हाथों से बाहर दिया था... लेकिन फिर देख ले कौन है इसे एक बार फिर वह आवाज आई की...

"यह लाल रंग कब मुझे छोड़ेगा.... मेरा गम. कब तलक मेरा दिल तोड़ेगा.."

******T H E   E N D******

Story 7

Nisha...

निशा... यह शब्द जब मैं प्लेन में बैठा तब से मेरी जेहन में था और जब एयरपोर्ट से बाहर आया तब भी इसी एक शब्द मैं मेरे दिल और दिमाग को जकड कर रखा हुआ था. प्लेन में चढ़ने से पहले से

लेकर अभी एयरपोर्ट से बाहर निकलने के बाद तक मैं सिर्फ और सिर्फ यही सोचता रहा कि मैं क्या जवाब दूंगा निशा को... कि मैं क्यों एक हफ्ते बाद आया, कहां था मैं इतने दिन और यदि कोई जरूरी काम पर भी गया था तो मैंने उसे कॉल करके क्यों नहीं बताया कि मैं 1 हफ्ते बाद आऊंगा... मेरा मोबाइल क्यों बंद था... ऐसे कई सवाल, उस एक शब्द के साथ मेरे अंतर्मन को छल्ली कर रहे थे.

निशा से मेरी इंगेजमेंट मेरे बिजनेस टूर के पहले ही हुई थी. यह सब मामलों में मेरे लिए ठीक थी वह एक अच्छे खानदान से थी मुझसे प्यार करती थी और हम दोनों एक दूसरे को बचपन से जानते भी थे और सबसे खास यह थी कि निशा के पिताश्री कहां मारे बिजनेस मे बैकग्राउंड सपोर्ट होना और यदि निशा के पिता श्री का सपोर्ट हमे हमेशा के लिए चाहिए था तो उसके लिए मुझे निशा से शादी कर लेनी चाहिए थी. मेरे और निशा, दोनों के घर वाले इस रिश्ते से बहुत खुश थे सभी बेसब्री से उस दिन की राह देख रहे थे, जिस दिन निशा लाल जोड़े में सज संवर कर मेरी जिंदगी और मेरे घर में आने वाली थी.

पहले पहल तो मुझे भी कोई एतराज नहीं हुआ शुरू शुरू मे तो मैं भी यह मानना था कि निशा मेरे लिए एक परफेक्ट वाइफ साबित होगी. लेकिन इंगेजमेंट के बाद मैं जैसे बदल गया मुझे दिशा में कई कमियां नजर आने लगी. मैं उसकी छोटी से छोटी खामियों को लेकर दिल ही दिल यही सोचता कि... यदि ऐसा ही इसने आदि बिटिया तो मैं कैसे इसके साथ अपनी पूरी जिंदगी बिता पाऊंगा और जैसे जैसे दिन बीतते गए यह ख्यालात मुझ पर हावी होते गया और इसी बीच मुझे एक हफ्ते के बिजनेस टूर के लिए देहरादून जाना पड़ा जिस काम के लिए मैं देहरादून आया हुआ था वह काम अपने समय पर निपट गया लेकिन इसी दौरान मनीषा से पूरे एक सबसे दूर रहा था मुझे इस बात क पक्का आभास हो गया कि निशा मेरे लिए किसी भी मायने में फिट नहीं

बैठती. सिवाय एक के... और बहुत था उसके पिताजी का हमारे बिजनेस को सपोर्ट.

" क्या मैं अपने बिजनेस के लिए अपनी पूरी जिंदगी एक ऐसी लड़की के साथ गुजार दू, जिसे मैं प्यार ही नहीं करता...?" यह सवाल इस टूर में मैं ना जाने कितनी बार खुद से कर चुका था और हर बार मेरा जवाब ना मे होता.

"भाड़ मैं जाए निशा, उसका पैसे वाला बाप और यह बिजनेस..". जिस दिन मुझे वापस लौटना था उस दिन कुछ ऐसे ही ख्यालात मेरे सीने में चुप रहे थे. दिल कर रहा था कि कहीं दूर चला जाऊं... निशा से दूर, उसके पैसे वाले बाप से दूर, इन सब से दूर.. इतना पैसा तो मैंने कमाई लिया था कि अपनी पूरी जिंदगी आराम से गुजार सकता हु. लेकिन घर वाले क्या कहेंगे..? वो लोगों को क्या जवाब देंगे, ऐसे ना जाने कितने सवालों ने मुझे घेर कर रखा हुआ था.

"तुम आ रहे हो ना... "एक हफ्ते पहले जब मुझे वापस आना था, तब मेरी फ्लाइट के लिए घंटा ही बचा था, जब उसने मुझे कॉल किया था.

" हां आ रहा हूं.. "मैंने बेरुखी से जवाब दिया. नफरत सी हो गई थी मुझे उससे, उसकी आवाज से, हर उस चीज से... जिसे वह पसंद करती थी.. लेकिन क्यों..?

इसका कारण शायद मैं खुद भी नहीं जानता था. दिल ही नहीं कर रहा था वापस दिल्ली जाने का.. और इसी दौरान मैंने एक बड़ा फैसला लिया. मैंने अपना मोबाइल बंद किया और जिस होटल में रुका हुआ था वहां से अपना सब सामान लेकर निकल गया वैसे प्लान के मुताबिक मुझे जाना तो एयरपोर्ट था लेकिन मैं गया नहीं... कई बार यह

ख्याल आया कि घर वाले परेशान होंगे पुलिस में रिपोर्ट दर्ज होगी वगैरह -वगैरह . उस वक्त मैंने सिर्फ खुद के लिए सोचा और वही किया जो मुझे ठीक लगा.

मैं पूरे 1 हफ्ते तक देहरादून की गलियों में यूं ही भटकता रहा और हर पल यही सोचता रहा कि कैसे मैं निशा से अपना पीछा छुड़ाऊं... कैसे मैं, मेरी और निशा की शादी होने से रोक दू.. पूरे एक हफ्ते देहरादून में भटकने के बाद मैं इस नतीजे पर पहुंचा कि मैं दिल्ली जाकर निशा और उसके रईस बाप को साफ कह दूंगा कि मैं निशा से शादी नहीं कर सकता.. और इसके बाद उनकी जो भी प्रतिक्रिया होगी वह सह लूंगा... लेकिन अब मैं निशा से किसी भी हाल में शादी नहीं करूंगा, यह मैंने तय कर लिया था.

" करन .. "एयरपोर्ट से बाहर निकलते ही किसी ने मेरा नाम पुकारा

" निशाआआआ.... तुमममम..... "उसको एयरपोर्ट के बाहर यूं अचानक देखकर मैं बुरी तरह चौका.

जिस नाम ने, जिस शब्द ने कई दिनों से मेरे अंदर तूफान मचा रखा था... वह आज मेरे सामने खड़ी थी और मुझे वापस दिल्ली मे देख कर, उसकी आंखों में खुशी थी.. लेकिन मेरी आंखों में दुख और नफरत के सिवा कुछ भी नहीं था और मेरी लाचारी इस हद तक थी कि मैं उससे किसी पर जाहिर तक नहीं कर सकता था... मुझे एयरपोर्ट के बाहर देखते ही वह दौड़ कर मुझसे लिपट गई.

" कहां थे इतने दिन. "वो जोर से लिपट कर मुझसे पूछी. उसकी आंखों में मेरे लिए फिकर और प्यार दोनों था... लेकिन मेरी आंखों में

उसके लिए सिर्फ नफरत थी. गुस्सा तो उस पर बहुत आया, लेकिन मैंने अपने गुस्से का गला घोट कर उसे शांतिपूर्वक खुद से अलग किया.

" तुम्हें कैसे मालूम हुआ कि मैं आज.... अभी आने वाला हूं.. मैंने तो किसी को खबर तक नहीं दी थी.."

" वो मैं अपने एक दोस्त को छोड़ने आई थी और यहां तुम्हें देख लिया... वापस मुझसे लिपटकर वह बोली.. लेकिन तुम थे कहां इतने दिन..? तुम्हें जरा भी अंदाजा है कि तुम्हारे ऐसे गायब होने से घर वाले कितने परेशान हुए... मेरी तो जैसे जिंदगी गुजर गई थी तुम्हारे बिना... मैं हर एक पल यही दुआ करती रही कि तुम वापस आ जाओ...पुलिस ने भी बहुत कोशिश की लेकिन तुम्हारा कहीं कुछ पता नहीं चला और अपना मोबाइल क्यों बंद कर रखा है...."

वो और भी बहुत कुछ बोलती उस वक़्त, यदि मैंने उसे रोका ना होता तो..

"हो गया... अब मैं आ गया हूं नाम..." बस बात खत्म

मेरे बात करने के लहजे से वह थोड़ा हैरान हुई और मेरी तरफ देख कर बोली

"कोई प्रॉब्लम है क्या.."

" प्रॉब्लम तो तू ही है, तू चली जाए तो सारी प्रॉब्लम के आगे दि ऐंड का बोर्ड लग जाएगा.... "दिल किया कि गला फाड़ कर उसे सब बोल दूं... लेकिन मैं बोल नहीं पाया... क्योंकि उसके रईस बाप का मुझे सपोर्ट जो चाहिए था

" कोई प्रॉब्लम नहीं...सब ठीक है"

" फिर घर चलो जल्दी से... सब बहुत खुश होंगे तुम्हें देखकर.... "वह एक बार फिर खुशी से चहकी

" तुम्हारी कार कहां है..?"

" मैं और मेरी फ्रेंड टैक्सी में ही यहां तक आए हैं मैंने अपनी फ्रेंड को कहा भी कि मैं उसे अपनी कार में छोड़ दूंगी लेकिन वह थोड़े पुराने किस्म की मानसिकता वाली है... कहती है कि उसे, मेरी तरह badi-बड़ी गाड़ियों में बैठने का शौक नहीं है और यदि मुझे उसके साथ एयरपोर्ट तक आना है तो उसके साथ टैक्सी में आना पड़ेगा... वैसे अच्छा हुआ जो मैंने उसकी बात मान ली.. तुम भी तो आ गए... मैं बता नहीं सकती कि मैं कितनी ज्यादा खुश हूं तुम्हें वापस देखकर... करन !"

" काश कि मैं भी तुझे बता सकता कि मैं कितना दुखी हूं तुझे देखकर... "एक बार फिर मन में आया कि यह सब उसे बोल दो लेकिन जुबान में इस बार भी साथ नहीं दिया..

मैंने अपना मोबाइल ऑन किया और उससे ऑफिस पर एक मैसेज छोड़ दिया कि मैं वापस आ गया हूं और फिर मैंने अपना मोबाइल वापस बंद कर दिया. मैं जान गया था कि अब सब का क्या रिएक्शन होने वाला था... सभी तरह तरह के सवाल पूछ कर दिमाग की दही कर देते... इसलिए मैंने फोन बंद कर दिया. मैंने एक टैक्सी वाले को बुलाया और उसे दिल्ली के बाहर बने अपने फॉर्म हाउस का पता देकर निशा के साथ और टैक्सी में बैठ गया.

" घर क्यों नहीं चलते, कितना इंतजार कर रहे होंगे तुम्हारा... "एक बार फिर वही आवाज मेरे कानों में पड़ी जिसे मैं सुनना पसंद नहीं करता था.

" मैं कुछ समय अकेले बिताना चाहता हूं..."

" करन, आखिर बात क्या है...? तुम इतने मुरझाए हुए क्यों हो"

" मैंने कहा ना... कोई बात नहीं है.. "अबकी बार मैंने थोड़ा गुस्से में बोला... जिससे निशा चुप हो गई और खिड़की के बाहर देखने लगी...

रास्ते मे ओवरब्रिज मे कुछ लोगो की भीड़ जमा थी... मैंने टैक्सी की विंडो से सर निकलकर ऊपर देखना चाहा की इतनी भीड़ क्यु है... पर कुछ समझ नही आया...

"इतनी भीड़ क्यु है वहा... "मैने टैक्सी वले से पूछा

"क्या पता भैय्या... लोगो का आज की तारीख मे कपई भरोषा है क्या... JCB की खुदाई तक देखने के लिए वो खड़े हो जाते है.. "

" यह फार्महाउस मुझे भूतिया लगता है..." टैक्सी से उतरते ही वह बोली और एक बार फिर मैं गुस्से में भर गया और एक बार फिर सोचने लगा कि जिसके साथ में एक पल शांति से नहीं बिता सकता उसके साथ मै अपनी पूरी जिंदगी क्या खाक बिताऊंगा.

टैक्सी वाले को पैसे देकर मैं फार्महाउस के गेट की तरफ बढ़ा... निशा ने फिर वही बात दोहराई कि उसे यह फार्महाउस भूतिया लगता है...

" निशा... बस भी करो.. अब..." मैंने तेज आवाज में कहा...

और मेरे कड़े बर्ताव से कोई बार फिर चुप हो गई और चुपचाप मेरे साथ फार्म हाउस के अंदर आ गई... हम आपके अंदर आकर मैंने हिम्मत जुटाई हार धीमी आवाज में कहां...

" निशा..."

" बोलो.."वो भी धीमे आवाज़ मे बोली...

मैंने निशा को सब सच बताने की ठान लिए थी... यही सही मौका था, जब मैं उसे सब बता देता कि मैं उससे ना तो प्यार करता हूं और ना ही शादी कर सकता हूं. मैं उसे अपने एक हफ्ते तक गुमनामी में रहने का कारण बताना चाहता था... बिना इसकी परवाह किए की उसकी क्या प्रतिक्रिया होगी... बिना इसकी परवाह किए कि यह सब जानने के बाद निशा का अमीर बाप... मुझे और मेरे बिजनेस का क्या हाल करेगा.. बेशक वो मुझे कंगाल कर देगा. लेकिन फिर भी मैंने सच बताने का निर्णय लिया...

" करन..." मेरे कंधों को पकड़कर हिलाते हुए वो बोली..."तुम कुछ कहने वाले थे.."

" बात यह है कि.." इतना कहकर मै थोड़ी देर के लिए रुका और फिर खुद को मजबूत करके एक सांस मे बोला...

"निशा, मै नहीं जानता कि तुम्हें सुनकर कैसा लगेगा और ना ही मुझे इसकी कोई परवाह है कि तुम पर क्या बीतेगी... पर सच तो ये है कि मैंने तुमसे कभी प्यार नहीं किया और ना ही मैं तुमसे शादी करूंगा. मैं 1 हफ्ते देरी से दिल्ली इसीलिए आया... कुछ देर पहले तुमने मुझसे पूछा था कि मेरा चेहरा मुरझाया हुआ क्यु है... मैं इतना उदास क्यों हूं... अब शायद तुम्हें मालूम चल गया होगा कि तुम ही उसकी वजह हो... तो प्लीज, तुम मेरी जिंदगी से दूर चली जाओ... ताकि मैं खुश रह सकूं."

इतना बोल कर मैं चुप हो गया और निशा के जवाब का इंतजार करने लगा. पर वो कुछ नहीं बोली और ना ही अब मेरे पास कुछ बोलने के लिए बचा था.. हम दोनों के बीच खामोशी छाई हुई थी.

" करन ... "तभी, फार्महाउस के बाहर किसी ने मेरा नाम पुकारा. मैं अब भी निशा के जवाब का इंतजार कर रहा था.

मैने सोचा था की उसकी आँखों मे आंसू होंगे, उसका चेहरा गुस्से से लाल होगा और वो मुझे हज़ारो गालिया देगी की.. मैने उसका इस्तेमाल किया.. लेकिन ऐसा कुछ भी नही हुआ... बिलकुल भी नही... वो पहले की तरह ही शांत खड़ी मुझे निहार रही थी... इतने में किसी ने फिर से मेरा नाम पुकारा..

"मैं बाहर देख कर आता हूं.. "निशा को इतना बोलकर मैं बाहर जाने लगा, इस दौरान निशा वहां एक सोफे शांत बैठ गई

" सॉरी निशा, पर यही सच है... "बाहर जाते हुए पलटकर निशा से बोला..

" करन ... कहां था इतने दिन.. मुझे कुछ बताना है तुझे...." निशा का भाई फार्म हाउस के बाहर था...

"मुझे भी कुछ बताना है, तुझे... पर तुझे कैसे पता चला की मै यहाँ हु?"

"ऑफिस मे तूने मेसेज छोड़ा था वही से..."

"तु कुछ बताने वाला...."

मुझे बीच मे ही रोक कर, निशा का भाई मुझसे लिपट गया और रोते हुए बोला....

""करन, निशा.. अब इस दुनिया मे नही रही...."

"क्याआआआ... बोल रहा है..."तुरंत उसे दूर करते हुए मै बोला...

"जब तूने ऑफिस मे अपना मेसेज छोड़ा की तु वापस आ गया है तो, मै तुरंत यहां तुझे बताने आ गया... निशा का एक्सीडेंट हुआ था, एयरपोर्ट से कुछ दूर. ठीक उसी दिन जिस दिन तू देहरादून से वापस आने वाला था... यह बोलते बोलते मैं फिर से एक बार मुझसे लिपट गया और रोने लगा...

उसे खुद से दूर करके मैं मैं अपनी पूरी ताकत लगाकर फार्म हाउस के अंदर भागा, और उस सोफे की तरह देखा जहां कुछ देर पहले निशा थी, पर अब वहां कोई नहीं था. मैंने पागलों की तरह निशा को आवाज दी...कि देखो तुम्हारा भाई क्या बोल रहा है. मैंने पागलों की तरह निशा को पूरे फार्म हाउस में ढूंढा...

लेकिन वह नहीं मिली. मानो वो,कभी वहां थी ही नहीं. दिल में घुस के लिए दर्द था जिसके लिए कुछ देर पहले नफरत थी मैं उसे अब अपने करीब देखना चाहता था जिसेसे मैं कुछ देर पहले दूर जाना चाहता था... पूरे फार्म हाउस में पागलों की तरह ढूंढने के बाद भी जब वह नहीं मिली तो वापस उस सोफे के पास पहुंचा, जहां मैंने आखरी बार उसे देखा था... सोफे पर कुछ लिखा हुआ था, किसी नुकीली चीज से सोफे के लकड़ी पर कुछ शब्द मुझे लिखे हुए दिखाई दिए....

" तेरी उस हा में भी मैं खुश थी, और तेरी इस ना में भी मैं खुश हूं...

जब जिंदगी थी तब भी तुझसे मोहब्बत थी, और आज मरने के बाद भी तुझसे मोहब्बत है..... "

दिल में, दिमाग में, पूरे जेहन में... एक बार फिर वही नाम था जो पिछले कई दिनों से मेरे अंदर घूम रहा था... फर्क सिर्फ इतना सा था कि पहले मुझे उस नाम से नफरत थी और आज एक पल में उसके लिए..

दुनिया भर का प्यार उमड़ आया था. उसे अपने करीब आना चाहता था मैं उसे बताना चाहता था कि मैं उससे कितना प्यार करता हूं. माफी मांगना चाहता था... मैं उसके साथ अपनी पूरी जिंदगी बिताना चाहता था... मैं उसे एक बार फिर से छूना चाहता था, उसको देखना चाहता था... अपनी पूरी ताकत के साथ इस आस मे कि वह फिर वापस आ जाए मैं चिल्लाया...

"NISHAAAAAAA......"

******T H E   E N D******

www.ingramcontent.com/pod-product-compliance
Lightning Source LLC
LaVergne TN
LVHW041721190726
843493LV00007B/2181